여자로 살아가는 우리들에게

여자로 살아가는 우리들에게

요조와

임경선의

교환일기

문학동네

요조를 알기 전의 나는 고효율의 끝을 달리던 인간이었
다. 학교도 남들보다 일찍 졸업하고 여러 조직에선 주로
'최연소', 저술업을 시작하고선 '다작 작가'로 불렸다.
맥북을 켜면 워밍업 없이 바로 원고를 썼고, 사람을 만나
러 외출하는 것은 일 때문에 정말 필요할 때만. 이동중에
이메일 회신을 하고, 트레드밀 위에서는 장을 봤다. 외
부행사를 뛸 때는 '가능한 한 수고와 시간은 적게, 가급
적 돈은 많이'를 모토로 삼았다. 내가 가진 한정된 자원
을 허투루 쓰는 걸 아무튼 못 견뎌했다.

그랬던 내게, 비효율의 끝을 달리는 몹쓸 습관이 생겼
다. 요조와 나누는 문자대화가 그것이었다. 아침 일찍부

터 밤늦게까지 트위터와 페이스북, 문자메시지와 텔레그램 등 뚫린 곳이면 그 어디서건, 우리는 서로에게 미친 듯이 뭔가를 썼다. 시시콜콜한 일상 보고부터 진지하고 논쟁적인 주제까지 가리는 것도 없었다. '내가 이런 말을 하면 상대는 나를 어떻게 생각할까'를 고민하는 일도 없었다. 게다가 두 사람 다 타자속도가 무척 빨랐다. 가끔 멈춰서서 한숨을 내쉬며 하루에 몇 시간이고 요조와 떠드는 나를 한심해했다. 하지만 순간순간 너무 재미있으니 도무지 멈출 수도 없었다. 반성은 잠시뿐, 다음날이면 다시 또 시작.

하는 수 없이 내가 요조에게 말했다.

"수진(요조의 본명)아, 우리 안 되겠다. 더이상 이렇게 살 수는 없어. 차라리 이걸로 영양가 있는 뭐라도 만들자."

그렇게 해서 태어난 것이 네이버 오디오클립 '요조와 임경선의 교환일기'와 책 『여자로 살아가는 우리들에게』이다. 나라는 고효율 추구형 인간은 덕분에 탕진의 죄책감에서 벗어나긴 했지만, 역설적으로 그제서야 비효율의 아름다움과 기쁨을 깊이 깨닫게 되었다.

산다는 건 뭘까, 우리는 여전히 궁금하기만 하다. 그러
니 앞으로도 살아가는 일에 관한 우리의 이야기를 결코
멈추지 못할 것 같다.

2019년 가을,
임경선

요

조

의   말

우리가 막역한 사이라고 말하면 사람들은 대체로 놀라워했다. 마치 어떻게 낙타와 펭귄이 친구가 될 수 있냐는 듯 이해가 잘 되지 않는 표정을 짓곤 했다. 나는 남들의 마음을 복잡하게 하는 것을 좋아한다. "정말 의외네요"라고 사람들이 말할 때마다 "감사합니다"라고 대답했다.

임경선과 신요조는 어쩌다 막연히 '아는 사이'였다가 편의상 서로를 '친구'라고 소개하던 시절을 거쳐서 지금은 '정말로 친구'가 되었다. 정말로 친구가 된다는 것은 서로의 왔다갔다하는 모습을 봐야만 하는 사이가 되었다는 뜻이다. 나 이번엔 진짜 살 뺄 거야, 라고 어젯밤에 분명히 말해놓고 새벽에 또 뭔가 먹었다는 고백을 듣는 일,

정말 아무것도 안 하고 쉬겠다더니 기어이 일을 붙잡는 고집을 보는 일, 엉엉 울었다는 말을 푸하하 웃으면서 말하는 일.

그중에서도 가장 어이없고 웃긴 게 바로 이 책이다.

임경선이 수년간 신요조에게 귀가 따갑도록 했던 말이 있는데, 그것은 "나는 원래 공저 싫어하거든"이었다. 그러고는 공저를 내놓고 있는 이 이율배반에 대해서 어떻게 받아들여야 할지 지금도 정말 모르겠다.

하긴 자신의 부끄러운 비밀을 너무 많이 알고 있기 때문에 우리 사이가 나빠지면 곤란하다며 마치 이 우정이 굉장히 전략적 관계인 것처럼 굴면서도, 어울리지 않게 '사랑한다'는 말을 먼저 꺼낸 것도 임경선이었다.

타인의 알콩달콩한 우정을 군이 엿봐서 뭐하겠는가, 라는 생각이 들지도 모르겠다.

그러나 우리에게는 확실히 타인의 이야기가 필요하다. 우리는 그 이야기를 보며 우리가 모는 배의 키를 조절한다. 저렇게 살아야지, 혹은 저렇게 살지 말아야지, 하면서 말이다.

이 책을 읽으며 부디 우리처럼 살아야지 하고 생각해

주기를, 그리고 우리처럼 살지 말아야지 하고도 생각해
주기를 바란다.

　그리고 그 무엇보다 이 책을 다 읽고 나서 당신도 진짜
이상한 사람하고 친구가 한번 되어보길 추천한다. 내가
그랬듯이.

2019년 가을
923

경
선

솔직과
가식

요조에게

　너의 인터뷰를 읽었어. 교환일기를 시작하기 전에 우리 둘 다 각자 인터뷰를 했잖아. 인터뷰에서 역시 가장 재미있는 부분은 네가 나에 대해 평가한 부분이더라. 넌 나에 대해 이렇게 썼더구나.

　"일단 언니는 솔직해요. 어쭙잖게 얄팍하게 굴지 않아요. 그 '앗쌀함'이 저는 미칠 만큼 좋아요."

그러고선 너 자신에 대해서는 '되게 가식적인 인간'이라고 썼더라. 다만 내 솔직함에 보답해야 한다는 마음으로 너의 날것을 많이 보여줬다고. 맞아, 그랬다고 생각해. 안 그랬다면 지금 이렇게 너와 교환일기를 쓸 생각조차 못 했겠지. '솔직하다'는 말, 꽤 오랜만에 들어서 무척 신선했어. 사실 나는 그동안 지겨울 정도로 솔직하다는 얘기를 많이 들어왔거든. 대개는 겉으로 보이는 시원시원한 태도나 당찬 말투, 외국물, 이런 것들과 한 세트로 묶여서 평가받곤 했어. 가끔은 '넌 참 솔직해'가 우회적으로 나를 나무라기 위해 쓰이기도 했고. 아무튼 그간 들은 이야기들은 대개 한 귀로 듣고 한 귀로 흘러넘겼지. 그런

데 그 진부했던 평가가 다른 사람도 아닌 너를 통해 들려
오니 '솔직'하다는 개념이 전혀 다른 의미로 와닿네?

10대나 20대 초중반까지는, 자신이 처한 유리한 환경이
도와준다면 계속 솔직하게 살 수 있을지도 몰라. 하지만
그 시기를 지나면, 단순히 행운만으로는 유지가 될 수
없어. 저마다 겪는 경험의 차이가 확연히 생기다보니 나
의 솔직함이 상대에게 이질감이나 부담, 상처를 주기도
하고, 나의 솔직함이 돌고 돌아 나를 공격하는 화살로
쓰이기도 해서 내가 고통받기도 해. 좋게 표현하면 '사
회화'가 되어가는 과정일 거야. 자신의 생각이나 감정을
있는 그대로 표현하기보다 꾹 참거나 에둘러 말하고, 적
당한 가식을 체득해 다른 사람들과 조율하고 타협하고,
그렇게 우리는 무난하고 모나지 않은 어른이 되어가는
법을 배워가. 인간관계의 갈등이나 마음고생이 버겁고,
누군가를 실망시키는 것도 두렵고…… 모두가 다 스스
로를 보호하고자 솔직함을 우선순위의 뒤쪽으로 미루는
거지.
　하지만 습관적으로 그렇게 오랜 시간을 보내다보면
점점 '내 마음의 소리를 듣는 능력'을 잃어가는 것 같아.

내가 애초에 뭘 좋아하고 싫어했는지, 무엇을 중요하게 고려하는지에 대한 기억이 옅어지면서 주변의 소음이 내 인생을 결정짓게 허락해버리고 말아. 다만 정말 다행인 것은 우리는 여전히 인간이고 동물이라서, 자연의 흐름을 완전히 거스르지도 못하지. 경보음이 울려. 방금 내 아이폰에서 울린 미세먼지 비상저감조치 긴급재난문자처럼 말야. '음…… 이건 좀 아닌데……' 본능적으로 불편한 감각이 불쑥불쑥 치고 올라와. 그리고 난 그 불편한 감각을 놓치지 말고 소중히 다루어줘야 한다는 걸 그간의 경험들을 통해 사무치도록 알게 되었어.

스스로에게 솔직해지기 위한 행동을 누군가는 '이기적'이라 비난하고, 그로 인해 후회하고 자책감을 느낄지도 몰라. 하지만 나의 행동이 누군가에게 분명한 해나 민폐를 끼친 게 아니라면, 세상의 기준이나 타인들이 만들어내는 잡다한 소음에 휘둘릴 필요가 없더라. 또한 완연한 어른이 되어 솔직하기로 작정한다는 건, 그만큼 리스크를 져야 한다는 것과 동의어라는 것도 알게 되었어. 하지만 감당해야 할 그 모든 짐을 감수하고서라도, 아무리 생각해봐도 '솔직함'은 살아가는 데 장기적으로 '옳은 방법'인 것 같아. 솔직함을 포기하면 당장의 불편함이나 위기는 모면해도 가면 갈수록 근본적인 만족을 못 느끼고 '얕은 위안'으로 '겨우 연명'하거든. 난 그런 거 싫어. 나는 깊은 충만감을 원하고, 내가 스스로의 의지를 가지고 생생하게 살아 있다는 감각이 그 무엇보다도 소중해.

참, 내가 이 과정을 거쳐오면서 하나 터득한 게 있어. 사람들은 보통 '나는 누구인가, 인생에서 무엇을 구하는가'의 답을 찾기 위해 머리 싸매고 자아 찾기를 하고, 이것저것 건드려보곤 해. 막상 해보니 '어라? 이게 아니었나?' 싶으면 또다른 것을 찾아보고…… 글쓰기로 치면 처음부터 완결된 문장을 쓰려고 애쓰는 것 같은 느낌이야. '내가 원해야 마땅한 그 무엇'을 찾는 것은 좋지만 내가 우려되는 부분은 이거야. 딱 이 시점에 날파리들이 너무 많이 붙어. 착시효과를 주는 수많은 약장수들, 꿈팔이들, 주변 오지랖들이 너무 같이 설치는 것 같단 말이지. 그리고 꿈꾸던 것을 하나 이루면 인생의 나머지 문제들이 다 한꺼번에 자동해결될 것처럼 믿어.

그런데…… 그거 아니거든?

'나다운 삶'을 찾기 위해서라면 나는 그 반대방법이 낫다고 봐. '하고 싶은 걸 찾기'보다 '하기 싫은 걸 하지 않기'부터 시작하는 거지. 왜냐, '좋음'보다 '싫음'의 감정이 더 직감적이고 본능적이고 정직해서야. '하기 싫은 것/곁에 두고 싶지 않은 사람' 이런 것들을 하나둘 멀리하다보면 내가 뭘 원하는지가 절로 선명해져. 글쓰기로 치면 일단 손 가는 대로 편하게 막 써놓은 후에, 마음에 안 드는 부분을 직감적으로 가지치기하는 거지. 그러면 글이 명료해지면서 내가 애초에 무슨 말을 하려고 했는지가 분명해지지. 더 나아가, 직감적으로 '아, 싫다'라고 느끼면 나를 그들로부터 격리해주는 것이 가장 본질적으로 '나를 사랑하는 법'이라고 생각해.

음…… 아무튼 너한테서 '솔직하다'는 말을 들어서 내가 마음이 조금 벅찼어. 어렸을 때 들어왔던 '솔직하다'와는 전혀 다른 의미로 다가오니까. 앞으로 살아가면서도 '본연의 내 모습'과 엇나가지 않게끔 스스로의 삶의 방식을 세심하게 살펴볼 요량이야. 그에 필수적으로 수반되는 노력도 정직하게 들이면서, 필요하다면 욕도 먹어가면서. 오늘은 그럼 이만 안녕—

경선 씀

요
조

어떤 솔직함은
못됐다는 거
언니도 아시죠

언니의 첫번째 교환일기를 기다리는데 고등학생 때 생각이 났어요. 실질적으로 한 명뿐이었던 친구와 교환일기를 쓰면서 고등학교 시절을 보냈거든요. 지나고 다시 생각해볼 때마다 뭐가 그렇게 할 말이 많았을까라는 점이 늘 신기했는데, 그건 지금 언니와 저를 생각해봐도 마찬가지예요. 우리는 지난 몇 년간 뭐가 그렇게 할 말이 많았어서 지금 이렇게 교환일기를 쓰는 지경에 이르고만 것이에요?

저도 언니도 이제 명백한 중년의 나이인데요. 이 나이에 '교환일기'란 것을 쓴다는 게 실은 조금 쑥스러웠어요. 저는 이제 어려 보이는 것보다 멋지게 늙어가는 일을 훨씬 더 중요하게 여기고 있어요. 제가 보는 임경선이라는 사람 역시 훌륭한 어른으로 살아가려고 언제나 고군분투하는 인간이라는 것을 너무 잘 알고 있고요. 우리는 지난 몇 년간 서로에게나 혹은 주위의 그 누구 앞에서도 더 어른스럽고 의젓하게 보이려고만 들었지 그 반대쪽으로 움직인 적은 없었던 사람들이잖아요. 아니 근데 그런 두 사람의 머릿속에서 튀어나온 것이 이토록 풋풋한 '교환일기'라는 단어였다니…… 참 쑥스럽더라고요.

그치만 제가 언니의 글을 기다리면서 마냥 쑥스럽고 머쓱하지만은 않았답니다. 깜빡 잊고 있었던 걸 발견한 시간이기도 했어요. 절대 늙지 않는 인간의 영역이라는 것이 있다는 것 말이에요. 시간이 흐를수록 늙어간다는 것을 막을 도리가 없는 것처럼, 시간이 흘러도 늙지 않는 것이 있다는 것 역시 막을 도리가 없다는 것. 우리가 살아가면 살아갈수록 더욱 깊게 느끼는 공허함이라고 하는 이 허무의 실체가 사실은 늙어가는 나와 늙을 수 없는 나 사이의 갭^{gap}일지도 모르겠다는 것. 조금이라도 더 잘 늙어야 한다고 생각하면서 앞만 보고 가던 우리 둘이 이 '교환일기'라는 단어를 불로^{不老}의 영역에서 주워든 것 같은 기분이 들어요.

그나저나 '솔직함'에 대한 언니의 이야기들을 들으면서 제가 그동안 느꼈던 언니의 솔직함이 하루아침에 완성된 것이 아니구나 하는 생각이 들었어요. 특히 이 구절은 앞으로도 두고두고 명심하겠다고 다짐까지 했고요.

감당해야 할 그 모든 짐을 감수하고서라도, 아무리 생각해봐도 '솔직함'은 살아가는 데 장기적으로 '옳은 방법'인 것

같아. 솔직함을 포기하면 당장의 불편함이나 위기는 모면
해도 가면 갈수록 근본적인 만족을 못 느끼고 '얕은 위안'으
로 '겨우 연명'하거든.

얼마 전에 읽은 책에서도 비슷한 이야기를 보았어요. 디
아 작가님의 『사과를 먹을 땐 사과를 먹어요』라는 책인
데, 그 안에 현대인의 '리-액션'에 대한 글이 있어요. 요
약하자면 이래요. '현대인은 하루종일 '리액션'이란 것
을 하면서 산다. 리액션은 타인의 욕망에 응하는 행위이
다. 따라서 이 행위에 몰두하면 할수록 나 자신의 욕망은
점점 거부되고 잊힐지도 모른다.' 그래서 저자는 리액션
하지 않는 시간을 꼭 확보해야 한다고 말하고 있어요. 리
액션하지 않는 시간. 타인의 욕망에 응하지 않는 시간.
아마도 언니가 이야기하는 '스스로에게 솔직해지기 위
한 태도'와 같은 말이겠지요.

저는 누군가의 솔직한 모습을 볼 때 늘 그 솔직함의 기저
를 더 눈여겨보게 돼요.
　무슨 마음을 먹고 저렇게 솔직하게 구는 것일까에 대
해서 생각해보게 되는 것이죠.

어떤 솔직함은 못됐다는 거 언니도 아시죠. 타인이
민망을 당했으면 좋겠다는 마음으로, 타인이 상처를 받
았으면 좋겠다는 마음으로 누군가는 솔직이라는 무기
를 이용해요. 반면 누군가는 반대로 타인의 상처를 희
석시켜주려고 아무도 묻지 않은 자신의 실패를 일부러
드러내면서 솔직을 사용하죠. 그런가 하면 누군가는 타
인을 지키기 위해서, 타인이 상처를 받지 않았으면 좋겠
다는 마음으로 끝끝내 솔직하지 못한 태도를 취하기도
하고요.

돌이켜보면 저 역시 뮤지션으로 살아오면서 '솔직하다'
라는 말을 몇 번 들어본 적 있었지만, 그것은 그냥 전략
으로서의 솔직함이었던 것 같아요. 난 나에게 유리할 때
만 솔직할 것이다. 그런 심산만 제 기저에는 있고요. 저
는 그냥 가끔 솔직해 보이는 가식적인 인간이고, 훌륭한
기저를 품으며 스스로에게나 타인에게나 솔직하게 사는
일은 아직 저에게는 너무나 요원한 일이에요. 그런 저
에게 언니가 보여주는 솔직함은 겉과 속이, 타인을 향할
때나 스스로를 상대할 때나, 한결같이 분명해요. 보기만
해도 시원하고 기분이 좋아져요. 저의 지적에 임씨 성을

가진 이토록 '앗쌀한' 인생선배가 있어서 저는 얼마나 다행인 줄 모르겠어요. 제 안에 있는 주광성走光性이 자연스럽게 언니가 가진 좋은 태도의 빛을 따라가겠구나 하는 믿음이 저를 얼마간 느긋하게 만들어주기까지 한답니다.

언니가 교환일기 말미에 제안한 방법을 저도 한번 따라 해보았어요.

하고 싶은 것보다 '하고 싶지 않은 것' 리스트를 만들어봤답니다.

별로 좋아하지 않는 사람과는 만나고 싶지 않다.

재미없는 식사자리나 술자리에 계속 앉아 있고 싶지 않다.

아니다 싶은 책을 끝까지 읽고 싶지 않다.

밤을 새우고 싶지 않다.

"잘 안 될 거야"라고 말하고 싶지 않다…… 등등.

이렇게 여러 가지를 종이에 써보고 나니 제가 정말정말 하고 싶어하지 않는 것 두 가지가 아주 또렷해지더라고요.

첫째, 시간낭비.

둘째, 생리.

언니, 전 생리가 너무 싫어요.

그리고 오늘 시작했답니다.

이만 줄여요.

                                    신요조 씀

감당해야 하는 그 모든 점을 다 감수하고서라도,
아무리 생각해봐도 '솔직함'은 살아가는 데
장기적으로 '옳은 방법'인 것 같아.
솔직함을 포기하면 당장의 불편함이나 위기는 모면해도
가면 갈수록 근본적인 만족을 못 느끼고
'얕은 위안'으로 '겨우 연명'하거든.

어쩌면 솔직함은 멋졌다는 게 아니도 아시죠.
타인이 민망을 당했으면 좋겠다는 마음으로,
타인이 상처를 받으면 좋겠다는 마음으로
누군가는 솔직이라는 무기를 이용해요.
반면 누군가는 반대로 타인의 상처를 희석시켜주려고
아무도 묻지 않은 자신의 실패를 일부러 드러내면서 솔직을 사용하죠.

경
선

무언가를
하지 않기로
하는 것

요조에게

　너의 첫 일기, 고맙게 잘 읽었어. 너의 '하고 싶지 않은 것' 리스트도 보았지.

　별로 좋아하지 않는 사람과는 만나고 싶지 않다.
　재미없는 식사자리나 술자리에 계속 앉아 있고 싶지 않다.
　아니다 싶은 책을 끝까지 읽고 싶지 않다.
　밤을 새우고 싶지 않다.
　"잘 안 될 거야"라고 말하고 싶지 않다……

이미 나는 하고 있지 않은 것들이네. 너도 몇 년 후에 나이들면 체력 떨어져서 자연스럽게 안 하게 될 거다. 그러니 지금부터 너무 애쓰지 않아도 돼. :)

　지난번에 내가 '무언가를 하고 싶어하는 것'보다 '무언가를 하지 않기로 하는 것'이 더 중요하다고 했었지. 정말 그래. 예전에는 늘 '이렇게 되고 싶다' '저렇게 하고 싶다'의 문법을 썼고 그것이 보다 능동적인 의지라고 생각했는데, '이걸 하지 않기로 하는 것'도 무척 중요한 선택이더라. 게다가 '난 이걸 하지 않겠다'고 하는 것은 자신의 가능성을 좁히는 것과는 달라. '이걸 하지 않겠다'는 건 '그럼 이것만 하겠다'와 전혀 다른 말이니까. 오히려 거꾸로 '난 이걸 할 거야'라고 너무 강하게 집착하면 그게 더 무리해서 가능성을 좁히는 일이 돼버릴 수도 있어. '이런 유형의 사람과는 관계를 맺지 않는다' '저런 장소에는 가지 않겠다' 등, 아무튼 내가 하고 싶지 않은 것들, 안 할 것들을 사소하게라도 조금씩 테두리를 정리해가다보면, 의외로 좋은 것들이 결과적으로 내 곁에 남게 되고, 나만의 기준이 만들어지고, 저절로 나 자신에 대해 많은 것을 깨닫게 될 것 같아.

가끔 경우에 따라서는 '이건 하겠다'나 '이건 안 하겠다'를 넘어, '지금은 아무 선택도 하지 않겠다'라는 선택지도 있어. 선택을 하지 않겠다는 선택. 지금은 이대로 가만-히 있겠다는 다짐도 어떤 상황에서는 대단한 의지와 중심을 필요로 하는 것이더라. 특히 회사 같은 조직에 있다보면 비유를 하자면, 가끔 지진 같은 상황이 벌어져서 사람들이 허둥지둥 난리가 나. 주변 눈치를 보는 이들, 아무개의 라인에 서는 이들, 도망가는 이들 등등. 개중에는 그 소란에 초연해서, 담담히 그 상황이 지나가기를 기다리며 제자리를 지키고 있는 사람들이 있는데, 이런 애들이 실은 알짜란다. 이런 게 또 은근 내공이 있어야 가능하거든.

그나저나 요조는 '멋지게 나이들어가는 일'을 서서히 의식하고 고민하고 있구나. 말도 마라. 나 그 주제로 책 내자고 여러 출판사에서 연락받았어. 받을 때마다 이거 은근 기분 나쁜 거 알지? 다들 나한테 대체 왜 이러는 거야? 그리고 '멋지게 나이들어가는 일'에 대해 내가 책 한 권 분량으로 무슨 말을 할 수 있겠어. 나에게 '멋지게 나이들어가는 일'은 그저…… 원래 멋졌던 사람이 나이가 들면, 그게 바로 멋지게 나이들어가는 일인데.

어쩌면 나는 내 나이를 여전히 인정하지 못하고 있는 것도 같아. 지금 내 나이에 대한 나의 기본 입장을 한마디로 표현하자면 '반신반의'야. 약국에서 처방전 약 탈 때, 약봉투에 내 이름과 나이 반드시 적어주잖아. 나 그거 볼 때마다 깜짝깜짝 놀란다? 어렴풋이 체감은 하고 있지만 '에이, 설마, 농담이지?' '거짓말이지?' 뭐 이런 느낌이야.

물론 그렇다 해도 때때로 나이를 확 체감할 때가 있어. 가령 언제부턴가 '옷이라는 게 무거울 수가 있다'는 사실을 알게 되었을 때. 젊었을 땐 옷에 무게가 있다는 걸 의식해본 적이 없었거든? 그런데 예전에 좋아했던 울 스웨터나 더플코트가 갈수록 점점 고역스러워지는 거야. 새로 옷을 살 때도 좀 무겁다 싶으면 잘 안 사게 되더라고. 그래도 끝끝내 후리스엔 손대지 않았어. 사람들이 너무 따뜻하고 너무 가볍다고 난리나도 나 꾸욱 참았다. 왜냐? 뭔가 지는 느낌이 들거든…… 같은 맥락으로 너도 알다시피 난 한겨울에 아무리 추워도, 절대 내복을 입지 않지. 그건 말하자면 나의 종교 같은 거야. 특히 하의 내복을 바지 속에 껴입는 일은 내 사전에 결코 있을 수가 없어. 맨다리에 바지 하나면 그걸로 끝! 전기장판 깔고 몸 지지고…… 이런 것도 난 안 돼. 이게 다 내가 뭔가에 지는 기분이 든단 말이지. 이상한 고집이라고 네가 나 맨날 놀리는데…… 나뭇가지 두 개로 불 피우듯이, 두 다리를 계속 비비고 있는 한이 있어도 하의내복은 절대 안 돼. 그거 한번 입게 되면 난…… 두 번 다시 연애소설을 쓰지 못할 것 같아. 엄살 아니야.

아, 그러고 보니 '무언가를 하지 않기로 하는 것' 다시 말해 '내가 좋아하는 것만 하고 살 거야'라는 삶의 태도 그 자체도 나이와 연관이 있네. 본능적으로 '내게 시간이 아주 많이 남지는 않았다'라는 자각을 하면서 인간관계나 생활방식을 예전보다 더 심플하게 추리게 되는 거지. 나한테 정말 필요한 것과 굳이 없어도 살 것들이 확실해지는 것, 다시 말해 위화감에 민감해지는 거야. 그런 깨우침들이 쌓이면서 '내가 살아갈 세계'를 결정할 수 있게 되는 걸 테지. 적은 나이가 아니라는 걸 본능적으로 알고 있으니까 '언젠가는 하겠지' 하면서 막연히 나중으로 미루지도 않아. '아, 이거 하고 싶다'고 생각하면 그냥 바로 해버려. 이것저것 거추장스러운 것들을 떼어버리면, 나이가 들었는데도 오히려 순발력이 더 강해져.

어느 정도 나이가 들면 주변 사람들이 이런 이야기들을 많이 해줘. 이젠 더이상 젊은 나이가 아니니 쉬엄쉬엄 좀 천천히 가라고. 영어로 슬로다운slowdown, 이라 하지. 근데 나 성격이 급해서 그 자체를 못 하는 걸 수도 있는데, 뭐랄까 나 굳이 슬로다운하고 싶지도 않은 것 같아. 굳이 일부러 몸 사릴 필요는 없지 않을까? 흔히들 말하는 '나이듦의 미덕' 같은 거 있잖아. '나이들어 욕심부리면 보기 싫다' '나이들면 후배들이 활약할 수 있게 비켜줘야 한다' '나이들면 포용력이 있어야 한다' 등등. 가령 출판시장에서도 보통 30대 작가들이 가장 주목을 받는 것이 일반적이고 40대 중반만 넘어가도 '올드'한 분위기가 되면서 그 나이대 이상의 작가들—특히 여성 작가들은 점점 찾기 힘들어지는 것 같아. 뭐랄까 어쩐지 그 나이 되면 '이제 한물갔으니' 설치지 않고 얌전히 저만치서 찌그러져 있어야 그게 주변을 도와주는 것처럼.

그런데 이런 마인드야말로 근시안적인 것 같아. 왜냐하면 우리는 한 사람도 빠짐없이 모두가 공평하게 나이를 먹어가기 때문이지. 어떤 나이대에 있건 간에 활약할 수 있는 장을 최대한 확보하고 다양한 모습을 시도하는 노력은 이기적인 게 아니고, 오히려 서로의 가능성을 넓혀주는 일이라고 생각해.

개인적으로 이 부분에 관심이 가다보니 아무래도 미디어나 일상에서 50대 이상 여자분들의 여러 모습들을 유심히 지켜보게 돼. 그러고는 내 미래의 모습을 그분들에게 대입해서 상상해보곤 하지. 아쉽게도 내가 바라는 만큼 유형이 다양하진 않았던 것 같아.

당장 생각나는 것이 일단 여성 정치인 스타일. 진하고 선명한 색깔의 깔맞춤 투피스 정장 입고 가슴에 브로치 하나 달고, 어쩐지 말도 조금 권위적으로 무섭게 하시는 분들. 저 깔맞춤 투피스는 대체 어디서 사나 난 늘 궁금했어. 또 뭐가 있더라. 아, 종편 프로그램에 나오시는 '시어머니' 스타일도 생각나네. 친근함과 털털함을 무기로 화려한 언변을 자랑하시는 분들. 그런데 거기서 한끗 차이로 푼수나 속물이나 거리감각 없는 사람이 되어버리면 조금 슬플 것 같아.

그리고 또 어떤 스타일이 있더라…… 음…… 이름을 붙이자면, 인사동 전통찻집 주인 스타일이라고 해야 할까. 가령 천연염색 누비치마옷을 입고 모자와 스카프를 사시사철 즐기셔. 자연주의, 환경, 생태 이런 주제에 관심 많으시고, 음식을 '먹거리'라고 부르고 좋은 일을 하는 여러 모임에도 적극적이신 분. 아마도 소싯적엔 문학소녀였을 거야. 가끔 다른 작가들의 북토크 같은 데 가보면 맨 앞자리에 다소곳이 앉아 메모 열심히 하시면서 질의응답 시간에는 반드시 질문 하나 하고 가시는 분들. 은근히 귀여워서.

그리고…… 아, 이젠 딱히 더 생각 안 나네. 이것들 외에도 걷잡을 수 없이 다양한 스타일들이 많이 보였으면 좋겠다고 생각해.

그나저나 요조는 생리가 정말 하기 싫은 모양이구나. 정색하고, 하고 싶지 않은 걸로 '생리' 얘기를 하네. 그런데 너 말야…… 오늘 생리를 시작했다는 둥, 이런 얘기 막 아무렇게나 밖으로 해도 되는 거니? 솔직히 나 그거 듣고 완전 뜨악했어. 그리고 나는 말야, 요조야……

지난주에 끝났어.

경선 씀

하고 싶은 것 보다 '하고 싶지 않은 것'
리스트를 만들어봤습니다.

별로 좋아하지 않는 사람과는 만나고 싶지 않다.
재미없는 식사자리나 술자리에 계속 앉아 있고 싶지 않다.
아니다 싶은 책을 끝까지 읽고 싶지 않다.
밤을 새우고 싶지 않다.
"잘 안 될 거야"라고 말하고 싶지 않다…… 등등.

'무언가를 하지 않기로 하는 것'
다시 말해 '내가 좋아하는 것만 하고 살 거야'라는 삶의 태도
그 자체도 나이와 연관이 있네.
본능적으로 '내게 시간이 아주 많이 남지는 않았다'라는 자각을 하면서
인간관계나 생활방식을 예전보다 더 심플하게 추리게 되는 거지.
나한테 정말 필요한 것과 굳이 없어도 살 것들이 확실해지는 것,
다시 말해 위화감에 민감해지는 거야.
그건 깨우침들이 쌓이면서
'내가 살아갈 세계'를 결정할 수 없게 되는 걸테지.

요
조

시간은
점점
없어지고
있어요

'멋지게 나이드는 법'에 대한 책을 쓰자고 언니에게 제
안이 그렇게 들어오는 줄은 몰랐네요. 그 말인즉슨 이미
임경선 작가가 나이들었다는 것을 전제한 제안이잖아
요. 아니 고작 40대 작가한테 '멋지게 나이드는 법'에 대
해서 써보라니! 정말 생각해볼수록 너무하네요.

근데 저도 제 소속사 뮤지션 중에서 나이로는 왕고
참이라서요, 회사에서 나이 얘기가 나오거나 하면 언
제나 자연스럽게 제 이야기로 이어지곤 한다고 제 매니
저가 그러더라고요. 구체적으로 어떻게 '나이 많음'이
'신요조'로 이어지는지는 알 수 없지만, 일단 매니저 같
은 경우는 회사에서 대화하다가 자기가 나이 많아서 불
리한 입장이 될 때마다 제 이름을 댄대요. 아주 치사하
지요?

제가 30대 초반에 제 나이를 알려주었을 때 사람들이
제법 놀라곤 했어요. 그리고 지금 제 나이를 밝혀도 사람
들이 제법 놀라요. 차이점이라면, 그때는 제가 정말 나
이보다 어려 보여서 놀랐고, 지금은 정말 실질적인 나이
가 많아서 놀란다는 것이죠. 약봉지에 쓰인 자신의 나이
가 너무 많아서 깜짝 놀랐다는 언니의 마음, 저도 너무
잘 알 것 같아요.

저는 심지어 제 나이를 제가 까먹은 적도 몇 번이나 있어요. 작년에도 매니저랑 차를 타고 가다가 우연히 나이 이야기가 나왔는데요. 내가 서른일곱이었나? 여덟이었나? 순간적으로 헷갈린 거예요. 그래서 매니저랑 정확한 제 나이를 같이 계산해봤어요. 계산 끝에 나온 제 나이를 제 입으로, 서른여덟, 이라고 발음하면서 느껴지던 그 섬뜩한 낯섦이 아직도 잊히지 않아요.

하긴 언니하고 저도 서로의 나이를 정확하게 파악한 게 바로 얼마 전이었죠.

그동안 그냥 서로의 나이를 대충 짐작만 한 채로 막역하게 지내다가 얼마 전에서야 서로의 나이를 확실하게 알게 되었는데, 더 웃겼던 것은 그 순간 우리의 반응이었잖아요.

언니의 실제 나이를 듣는 순간 제 첫마디는 "언니 나이 왤케 많아요?"였고, 언니 역시 제 나이 듣고는 "너 나이 왤케 많아?"였는데.

심지어 저희 부모님도 제 나이를 주변 친구들에게 떳떳하게 공개하지 않는다는 것을 얼마 전에 알았어요.

너 딸 가수 요조가 올해 몇 살이었지? 하고 부모님 친구들이 물으면 뻔히 알면서도 모른다고 한다는 거예요.

아이고, 이제는 내 나이도 헷갈리는데 딸 나이까지 어떻게 다 기억해~ 하면서.

　이해는 가요. 올해 서른아홉이다, 라고 순순히 대답하면 당연히 결혼 이야기 나올 거고, 결혼 생각이 없다고 고집부리는 딸내미 때문에 가뜩이나 갑갑한데, 당신 친구들하고 또 그 소재로 이야기하고 싶은 기분이 안 나는 게 당연할 거예요. 이제 젊은 사람들이야 결혼 안 하는 게 점점 자연스러워지는 추세이지만, 부모 세대에서는 아직 그게 아니니까요.

아무튼 정말 한국 나이로 내년에 마흔을 앞두고 있는 이쯤에서 제가 가장 애를 먹고 있는 것은요 언니, 난 왜 이렇게 나이가 많은가에 대한 것도 아니고요, 어떻게 하면 내가 젊어 보일 수 있는가에 대한 것도 아니에요.

　말하자면 내가 내 나이를 언제 자각하고 또 언제 잊어야 하는가에 대한 그런, 말하자면 기술적인 부분이에요. 이게 가장 어렵고 난처해요. 장소와 분위기에 따라 제가 엄청 어른도 됐다가 꼬맹이도 됐다가 하는 것이어서 모드 체인지를 그때그때 센스 있게 해줘야 할 것 같은 기분이 들더라고요.

근데 그런 테크닉이 아직까지는 충분하게 발달하지 못한 것 같아요.

그래서 종종 은근히 저를 어르신으로 생각하고 있는 사람들 앞에서 눈치 없이 애들처럼 굴어가지고 그들에게 경악을 선사하기도 하고, 반대로 그럴 필요 없는 자리에서 쓸데없이 어른스럽게 굴 때도 있어요.

언니가 듣기에는 좀 바보 같을 수도 있겠다 싶네요. 아니, 그냥 너 하고 싶은 대로 굴면 되지, 뭘 그렇게 피곤하게 사냐~라는 음성이 어디선가 들리는 것 같아요. 근데 저는 나이뿐만 아니라 누군가를 만날 때마다 이 사람에게 나는 어떤 존재인가를 본능적으로 살피게 돼요.

아무래도 그간 사람들을 만나면서 반복적으로 받았던 아주 자잘한 상처들이 저를 이러한 사람으로 조금씩조금씩 변모시킨 것 같아요.

아, 우리는 이제 조금은 긴밀해진 사이가 되었구나, 라고 저는 생각했지만 여전히 상대방한테 저는 그냥 주변에 자랑하고 싶은 약간 유명한 사람, 혹은 수다거리를 제공해주는 가십의 주체일 뿐이었던 경험들이 저는 꾸준하게 있어왔고, 그때마다 제가 언니한테 징징거렸잖아요.

이렇게 연예인 정체성이 희박한 애는 처음 본다고 언니가 혀를 찼던 것도 다 기억나요.

저는 이제 사람을 사귈 때마다 이 사람은 나를 요조로 보는지, 신수진으로 보는지를 끊임없이 의심하는 사람이 됐어요. 끊임없이 의심하는 건 참 피곤하고 성가신 일이에요. 그러다보니 몇 날 며칠이고 혼자 밥 먹고 혼자 공연 보고 혼자 영화 보고 혼자 술 먹는 것이 조금도 쓸쓸하다거나 외롭지 않고, 그러다가 언니가 시간 있냐, 라고 하면 바로 뛰쳐나가는 이런 인생이, 완성되었습니다—

저는 지금 밖에 뭐 사러 잠깐 나왔다가 카페에서 이 글을 쓰고 있어요. 물론 언니가 극혐하는 내복을 안에 든든하게 입고 나왔죠. 후리스랑 내복 따위 절대 입을 수 없다는 언니의 말을 정말 많은 분들이 후리스랑 히트텍을 입은 채로 들으셨을 텐데. 그분들의 상처는 대체 어떻게 하실 건지…… 언니가 정말 양심이 있는 사람이라면 그 말은 여름에 하셨어야죠. 후리스랑 히트텍이야말로 우리들의 겨울을 든든하게 지켜주는, 정말 웬만한 애인보다 더 듬직한 소울메이트인데…… 진짜 너무 잔인한 사람이다, 당신은.

아무튼, 뭐 사러 지금 나와 있다고 했잖아요. 뭐 샀냐면, 벽시계 샀어요.

제 평생 벽시계를 사는 건 처음이에요. 독립해서 혼자산 지가 10년이 넘는데, 그동안 벽에 시계를 걸어본 적도 없다가 오늘 사는 거예요.

점점 시간이 별로 남아 있지 않다는 것을 실감하게 된다고 언니가 그랬잖아요. 근데 저도 그래요.

정말, 정말로 그래요.

그래서 벽시계를 틈틈이 보면서 제 금쪽같은 시간을 좀 챙겨보려고, 그러고 싶어서 오늘 급하게 시계 샀어요.

초침소리가 나지 않는 디지털 벽시계를 샀어요.

시계를 사는데, 정말 시간을 사는 것 같은 기분이 들더라고요.

아직도 전 하고 싶은 게 너무 많은데, 시간이 점점 없어져요.

신요조 씀

나에게 '멋지게 나이들어가는 일'은
그저……
원래 멋졌던 사람이 나이가 들면,
그게 바로 멋지게 나이들어가는 일인데.

벽시계 샀어요.
벽시계를 틈틈이 보면서
제 금쪽같은 시간을 좀 챙겨보려고.
그러고 싶어서 오늘 급하게 시계 샀어요.
시계를 사는데.
정말 시간을 사는 것 같은 기분이 들더라고요.
아직도 전 하고 싶은 게 너무 많은데.
시간이 점점 없어져요.

경
선

어정쩡한
유명인으로
사는 일

요조에게

한 주 동안 잘 지냈니? 이런 인사를 하는 내가 조금 가증스럽구나. 우리 날이면 날마다 아침에 일어나서 자기 직전까지 서로한테 쪽지 보내잖아. '교환일기'를 시작하면 서로 연락이 뜸할 줄 알았어. 내심 노리기도 했고. 그런데…… 무엇 하나 나아진 게 없더구나. 가끔은 한 사람이 먼저 잠이 들어버린 다음에도 남은 한 사람은 혼자막 신나서 계속 떠들고 있더라.

지난번 너의 일기에서, 과거에 사람들로부터 받은 상처들 때문에 네 자신이 타인에게 어떻게 받아들여지는지 신경이 쓰이고 살피게 된다고도 말했지? 겉으로는 전혀 그렇게 보이지 않지만 내가 보는 너는 충분히 그럴 수 있겠다 싶었어. 왜냐하면 네가 인간관계를 맺는 방식은 어느 유명인이나 연예인과는 달라도 너무 다르거든.

너는 첫째, 사람들을 별로 경계하지 않아. 굳이 면대면으로 만날 필요가 없는 사람인데도 상대가 요청하면 크게 거절하지 않는 것 같아. 내 경우는 만나기 전에 호불호 판단을 한번 하고, 호감을 느끼더라도 일 때문에야 만나고, 일도 만나지 않고 처리할 수 있으면 대부분 그렇게 하는 편이야. 그런데 너의 경우, 과장을 조금 보태자면 넌 그냥 아무하고나 다 만나주는 것 같애! 이토록 쉬운 여자였던가 가끔 놀랄 지경이야.

둘째, 너는 사람들을 차별, 아니 정확히는 구별하지 않아. 보통 유명인들은 다른 유명인들을 좋아해. 그리고 대개는 엇비슷한 정도의 유명인들끼리 어울리곤 해서 언뜻 보기에는 '끼리끼리 노는구나' 조금 위화감을 느끼게도 되지. 하지만 한편으로는 그 입장이 충분히 이해가 가. 대중을 상대로 자기 이름 내놓고 일하는 사람으로서의 고충을 서로 자연스럽게 이해하고, 서로의 비밀을 딴 데 가서 가십거리로 소비하지도 않을 거라는 믿음이 있거든.

하지만 너는 유명하든 아니든, 힘이 있든 없든, 잘나가는 직업을 가지고 있든 백수든, 나한테 이 인간관계가 실질적인 도움을 주든 말든, 다양한 조건의 사람들에게 관대하게 손을 뻗고 귀를 기울이지. 너보다 더 유명한 사람, 혹은 권력을 가진 사람에게 잘 보여서 득 볼 생각도 없고 힘센 매체에 아부할 생각도 없어. 일 청탁이든 인터뷰 요청이든 들어오면 그냥 웬만해서 거절하지 않는 것 같았어.

마지막으로 세번째, 어떤 일을 도와달라는 요청이 들어왔을 때, 크게 고민하지 않고 그냥 도와주더라구. 그 일의 담당자를 개인적으로 잘 알지 못하더라도 그 일이 마땅한 취지를 가졌다면, 시간적, 금전적 손해를 봐가면서도 웬만하면 기꺼이 도와주더라고. 나? 난 돈 안 되는 거 일절 안 하지.

한데 너의 말대로 그 선의가 반드시 곱게 돌아오는 것은 아냐. 인간은 참 간사해. 처음엔 소위 유명인과 말을 트고 지내게 된 것이 신기해서 그 상대는 기쁜 마음에 너한테 참 잘하겠지. 너는 스스로를 특별시하지 않는 사람이니 그걸 순수하게 받아들여, 너의 부족하거나 솔직한 모습마저도 가감 없이 보여주게 돼. 문제는 여기서부터야. 이 시점에서 상대는 어라? 애 좀 보기와는 달리 만만하다 싶어서 대체 어디까지 들어가나 막 부르거나 찔러보곤 해. 너와의 친분을 주변 사람들한테 자랑하고 싶어서 너에게 무리한 부탁을 한다거나, 너의 내밀한 비밀을 주변에 퍼뜨리곤 하지. 또한 누군가의 일을 돕기 위해 너의 시간과 재능을 아무 보답도 바라지 않고 '좋은 마음'으로 쓰면, 상대는 그걸 고맙게 여기기는커녕 오히려 더 많은 것을 뻔뻔하게 요구해. 그것도 네가 가장 원하지 않은 방향으로 너를 소모하고 포장하는 방법으로 말야. 그렇다고 또 그 대목에서 뭐라고 항의하면 '뭐야, 되게 까탈스럽게 구네. 누가 연예인 아니랄까봐' 이런 식으로 자칭 약자가 강자가 되어 상대를 억눌러. 이건 비단 유명인의 인간관계에만 국한된 문제가 아니라 우리 모두가 가끔 정서적 착취를 당하곤 해. 착취를 당한 쪽은 참다 참다 터져버려.

한편으로는 네가 이렇게 경계 없이 마음과 수고를 내주는 것이, 어쩌면 남들이 너를 좋게 평가하는 것에 비해 정작 너는 스스로를 하찮고 야박하게 바라보는 경향이 있어서가 아닐까 걱정돼. 조금 자신감이 없거나 자존감이 부족하거나 원래 실력이 들통날 것 같으면, '남들은 나를 너무 과대평가하고 있어. 사실 정말 하찮은 인간인데. 그래도 이런 나라도 괜찮다면 기꺼이 도와드릴게요' 같은 심정으로 '타인의 욕망에 부응하려고' 애쓰거든.

아니면 네 말대로 이건 '나는 요조인가 혹은 신수진인

가? 너는 나를 요조로 보는 건가 아니면 신수진으로 보는 건가?'가 헷갈려서 그럴지도 모르겠다. 왜 헷갈리냐고? 그 이유는 바로 너와 내가 '어정쩡한 유명인'이기 때문이지. 어정쩡한 유명인이 뭐냐고? 음…… 어떻게 설명해야 할까…… 아, 예를 들어서 이런 거:

얼마 전에 있었던 일이야. 윤서와 잠실의 롯데월드몰 식당가에서 저녁을 먹었어. 밥을 먹으면서도 나는 뭣 때문인지는 모르겠는데 너랑 문자로 계속 말을 주고받고 있었어. 밥을 다 먹고 입구 계산대로 가서 결제를 하는 와중에도 너와의 대화에 정신이 팔려 고개를 푹 숙이고 폰만 보고 있었지. 그런데 갑자기 계산대 뒤에 계셨던 식당 사장님이 조심조심 나한테 묻는 거야.

"임경선씨…… 맞으시죠?"

순간 속으로 흠칫 놀랐지. 아 뭐야, 이제 시도 때도 없이 날 알아보는 거야 뭐야, 이놈의 몹쓸 인기란! 에휴, 이제 몸가짐 좀 조심하면서 다녀야겠다 싶고. 그렇다 하더라도 과히 싫은 기분은 아니었어. 천천히 고개를 들어 온화한 미소를 지어 보이면서 약간 수줍은 듯 "아, 네……" 라고 대답하려던 찰나, 식당 사장님이 한마디 더 하시더라고.

"네, 여기 L포인트 적립되셨습니다."

....

　문을 박차고 나가 가능한 한 멀리 도망치고 싶었어. 이런 게 바로 어정쩡한 유명인이 사는 법인 거야.

아무튼 요조야. 나는 가끔 네가 조금 덜 퍼주고, 더 못돼질 필요가 있다고 생각하지만, 또 한편으로는 너의 그런 개방성이나 차별하지 않는 평등주의적 태도가 너만의 어떤 부드러운 결을 만들어낸다고 생각해.

　생각해보렴. 만약 요조가 자신이 가진 자원을 얄짤없이 관리하는 데 능한 사람이었다면, 너의 목소리는 결코 지금의 그 나른하고 다정한 목소리가 아니었을 거야. 남들보다 조금 더 마음이 헤퍼서 조금 더 손해 보고 상처 입는다 해도, 그래도 역시 '줄 수 있는' 사람, '주는 법을 아는' 사람은 더없이 근사한 거 아닐까.

경선 씀

저는 이제 사람을 사귈 때마다
이 사람은 나를 요조로 보는지,
신수진으로 보는지를
끊임없이 의심하는 사람이 됐어요.
끊임없이 의심하는 건
참 피곤하고 성가신 일이에요.

남들보다 조금 더 마음이 헤퍼서
조금 더 손해 보고 상처 입는다 해도,
그래도 역시
'줄 수 있는' 사람, '주는 법을 아는' 사람은
더없이 근사한 거 아닐까.

요
조

있을 때
잘해야
해요

언니가 보는 저라는 사람이 너무 근사해서 언니의 지난 편지를 읽으면서 계속 어안이 벙벙했어요.

좀 민망하기도 하고요.

어딘가에서는 저를 천하의 나쁜 년으로 기억하고 있는 사람도 참 많을 텐데, 언니 눈에 제가 이토록 좋게 비쳤다는 것은, 제가 좋은 사람이라기보다는 언니가 그만큼 좋은 시선을 가지고 있는 거라고 저는 읽혔어요. 저는 정말 바보 눈에는 바보만 보이고, 부처의 눈에는 부처만 보인다는 말을 백 퍼센트 믿거든요. 그래서 어떤 영화나 책이 명백한 문제는 없는데 감흥이 없고 별로라고 여겨질 때, 일단 문제는 나에게 있다고 생각하는 편이에요.

언니는 너무나 깊은 애정을 담고 저를 봐주었고, 아마도 역시 같은 눈으로 세상을 보면서 책을 쓰기 때문에 그 책이 사랑받는 것은 어떻게 보면 당연한 일 같아요.

아시다시피 저는 한겨레신문 토요판의 인터뷰 섹션을 맡아서 한 달에 한 번 인터뷰를 진행하고 있잖아요. 며칠 전에 인터뷰를 했어요. 이번이 벌써 여섯번째 인터뷰예요. 기억나죠? 처음 다른 사람을 인터뷰하고 기사 쓰는 인터뷰어의 경험을 하고 나서 그 일이 깜짝 놀랄 만큼 어려웠던 나머지, 못 하겠다고 울고불고했던 게 엊그제 같아요. 정말 다 큰 어른이 돼가지구 맡은 일이 너무 하기 싫어서 눈물바람한 건 처음이었어요. 지금 생각하니까 너무 창피한데, 그런데 벌써 반년이 지났네요.

매번 인터뷰를 당하는 입장으로 살다가 인터뷰를 하는 사람이 되어보니까, 타인의 인생을 총체적으로 들여다보면서 질문한다는 게 얼마나 어려운 일인가를 정말 절실하게 느껴요. 그리고 어떤 한 인간을 깊이 만나는 경험을 하면서 그로부터 깨닫게 되는 배움의 정도 역시, 어마어마하다는 것도 알게 되었어요.

이번 인터뷰의 주인공은 소설가 박상영 작가님이었어요.

박상영 작가님은 등단하고 나서도 돈이 없어서 직장을 계속 다니면서 글을 썼다고 해요. 매일 새벽 4시에 일어나 5시쯤 나와서 출근 전까지 글을 쓰다가 9시가 되기 전에 노트북을 탁 닫고 회사로 올라가 출근했대요. 그런 생활을 3년 정도 하셨다고 해요. 그런데 살을 빼야 하는데 퇴근 후 너무 피곤하니까 헬스클럽에 가는 것을 자꾸 빼먹고 스트레스를 매일 밤 야식을 시켜 먹는 걸로 풀고,

그래서 살은 계속 찌고. 지금 한겨레신문에 연재하는 에세이에 그런 이야기를 쓰고 있어요.

제 인터뷰 기사에는 엄청 나태하면서 동시에 무섭게 성실한 이상한 사람이다, 라고 유머러스하게 적어두었지만 이 일화가 지금까지도 자꾸 저로 하여금 이런저런 생각을 하게 해요.

그중에 하나는 이런 생각이에요.

박상영 작가님이 다니던 헬스클럽 관장님은 아마 박상영 작가님을 은연중에 되게 게으른 사람이라고 생각하고 있을지도 모르겠다는 생각. 3년이 넘도록 새벽부터 일어나 글을 써서 소설책까지 내는 누구보다 성실한 사람인데 헬스클럽 관장님이 과연 그 사실을 아실까?

그러고 보니 언니도 정말 독하게 글쓰고, 책을 내고, 강연하고, 육아를 하고…… 누구보다 성실한 사람인데. 그런데 언니가 또 운동은 아주 열심히는 안 하잖아요? 게다가 웨이트트레이닝을 싫어해서 매번 트레드밀 위에만 있다면서요. 어쩌면 언니가 다니는 헬스클럽 관장님도 언니를 보면서 저분은 참 느긋한 사람인가봐~ 하고 생각하고 있을지도 몰라요.

하, 근데 제가 이런 말을 할 처지가 아닌 게 저도 지난 번에 클라이밍하겠다고, 한 달 끊어놓고 몇 번 나간 줄 아세요? 세 번? 네 번?

매일매일 책 읽고, 일하고, 영어일기 쓰고 나름대로 규칙적이고 성실하게 산다고 하면서 왜 운동만은 이렇게 자꾸 건너뛰는 걸까요? 건강이 최고라는 것을 알면서 왜 저는, 그리고 언니는 건강을 지키는 일에 최선을 다하지 못하는 걸까요.

뭐랄까, 제가 그동안 일궈놓은 성실함을 증명하는 이런저런 업적들이 운동 앞에서 와르르 무너져버리고, '다 필요 없고 넌 해이해!' 이렇게 정리되어버리는 거 같아서 약간 심술이 나네요.

이게 뭐라고 왜 이렇게 안 되는 건가, 삼십 분만 시간 내면 되는 건데 이게 왜 안 되는 걸까……

답답하네요, 정말.

'있을 때 잘하라'는 말, 사람들이 진짜 자주 하잖아요.

부모님 살아 계실 때 잘해라, 애인 있을 때 잘해라, 건강할 때 건강관리 잘해라……

이런 말이 여기저기서 끊임없이 이야기된다는 것은,

우리가 대체로 있을 때 잘하지 못하고 있다는 걸 반증한다는 뜻이겠죠. 끊임없이 서로가 서로에게 상기시켜주고 있는데도 늘 이 말을 다들 실천하지 못하는 걸 보면 무슨 인간이 우주에 가니, AI를 만드니 해도 동물보다, 아니 식물보다도 멍청한 것 같아요.

사실 오늘 버스를 타고 집 쪽으로 오면서, 잊지 못할 어떤 광경을 봤어요.

버스정류장 앞에 어떤 아저씨가 쓰러져 있더라고요. 입가에는 거품이 흐르고 있었고요. 119 구급대원들이 정신없이 심폐소생술을 하고 있었어요. 그 아저씨 주변으로는 버스를 기다리는 사람들, 주변 상점 주인들이 모두 심란한 얼굴로 그 광경을 지켜보고 있었어요. 그 아저씨는 지금 어떻게 되었을까요, 언니. 무사히 정신을 회복하고 몸조리를 하고 계실까요. 아니면……

저는 내내 기분이 너무 이상해서, 버스에서 넋을 놓고 앉아 있다가 목적지에 도착도 하기 전에 그냥 중간에 내려버렸어요. 내리고 보니 충정로였어요.

그냥 발길 닿는 대로 처음 가보는 골목길에 들어가 헤

매고 다녔어요.

오래되고 낡고 조그만 술집들, 음식점들이 골목 틈에 옹기종기 모여 있었어요.

내가 지금 아름다운 곳에 '살아서' 이렇게 '걸으면서' 이것들을 '보고' 있다는 감각 하나하나가 너무 강하고 소중하고 절박해서, 가게마다 눈을 맞추고 골목에 아무렇게나 세워진 화분 하나하나를 들여다보고 숯불갈비 가게 옆에서 달궈지고 있는 숯 가까이 가서 그 열감을 느끼고 가게의 이름들도 발음해보았어요. 누구보다도 똑똑해진 채로 어떻게 살아야 할지 알아버린 기분으로 집에 돌아와 이 글을 써요.

그러나 그럼에도 불구하고, 저는 또 까먹게 되겠죠. 까먹기 전에 얼른 말할게요. 너무 사랑하는 언니가, 제가, 그리고 이 이야기를 듣고 있는 당신이 여기 있어요.

있을 때, 잘해야 해요.

신요조 씀

나는 가끔 네가 조금 덜 퍼주고,
더 못돼질 필요가 있다고 생각하지만,
또 한편으로는 너의 그런 개방성이나
차별하지 않는 평등주의적 태도가
너만의 어떤 부드러운 결을 만들어낸다고 생각해.

어딘가에서는 저를 '최악의 나쁜 년'으로
기억하고 있는 사람도 참 많을 텐데
언니 눈에 제가 이토록 좋게 비쳤다는 것은,
제가 좋은 사람이라기보다는
언니가 그만큼 좋은 시선을 가지고 있는 거라고 저는 읽혔어요.
저는 정말 바보 눈에는 바보만 보이고,
부처의 눈에는 부처만 보인다는 말을
백 퍼센트 믿거든요.

경
선

가까울수록
때론
낯설 필요가
있어

요조에게

나는 지금 전라남도 광주로 가는 기차 안이야. 강연이 있어서 가고 있어. 글을 쓰는 작가들 중에 '강연하는 것'을 아주아주 좋아하는 사람은 아마도 없을 거야. 매일매일 글을 쓰는 것은 할 수 있어도 매일매일 사람들 앞에서 말하라고 하면 도저히 못 하겠지. 매일매일 할 수 있는 것—그것이 아마도 '본업'이라는 거겠다. 다만 이렇게 한 달에 한 번 정도쯤은 딱 좋은 것 같아. 사람들 앞에서 말하는 훈련도 되고, 독자분들도 직접 만나고, 강연료도 생활비에 보태고. 나는 처음 가보는 지하철역에서 두리번거리며 낯선 곳을 찾아가는 것도 좋아하고, 기차를 타고 지방의 여러 도시를 가는 것도 참 좋아해. 예나 지금이나 창가 쪽 자리를 좋아하고.

조금 전, 창밖의 풍경이 바뀌는 것을 가만히 바라보면서 '의식의 흐름 기법'으로 쓴 너의 일기를 들었어. 신문 인터뷰어 일에 도전했던 너의 지난 반년을 반추하더니, 전업작가가 되기 전, 직장생활을 하면서 새벽시간을 쪼개 힘들게 글을 썼던 한 소설가의 이야기를 풀어냈지. 그런 다음, '엄청 나태한데 무섭게 성실한 사람'에 대한 고찰을 하는 듯하다가 나, 즉 임경선도 그런 유형의 인간이라며 얼떨결에 묻어갔어. 그런 다음 근력운동에 게으른 내 모습을 짚어내고, 너 역시도 그렇다면서 왜 우리들은 운동을 자꾸 건너뛸까 한탄하다가, '건강할 때 건강을 지켜야' 하고 '있을 때 잘해야 한다'라는 결론으로 일기가 끝나더라고. 나는 거기까지 읽고선 조금 혼란스러웠어.

한두 가지 이야기만으로도 느릿느릿 살펴가며 한 글자 한 글자 꾹꾹 눌러쓰던 평소의 네 모습이 아니라서 갸우뚱했지. 일기의 끝부분에 가서야 네가 그날 참담한 사고 현장을 목격했다는 이야기를 듣고 그 순간, 모든 것이 이해가 되었어.

그날 밤 겨우 잠이 들기까지도 얼마나 하루 내내 심장이 벌렁거리고 마음이 안 좋았을까 싶었다. 너는 너무나 사랑하는 여동생을 억울하게 사고로 잃은 사람이잖아. 트라우마로 지하철을 다시 용기내서 타게 된 것도 불과 일 년도 채 되지 않은 걸로 알고 있는데…… 나는 다른 것보다도 네가 그날 보고 느낀 바를 속으로 눌러두거나 외면하지 않고, 어떤 형식으로든 표현을 해줘서 고맙고 다행이라고 생각해.

인생에서 감당하기 힘든 고통을 겪으면 사람은 크게

두 가지 방향으로 나뉘는 것 같아. 아픔을 겪은 후 그 상처로 인해 마음의 문을 닫고 가시 돋친 사람이 되어 타인에게 더 가혹해지는 사람, 혹은 자신이 아픔을 경험했기 때문에 타인의 고통을 이해하게 되어 오히려 타인에게 더 너그러워지는 사람. 그런 사람은 다른 사람들이 상처받지 않기를 진심으로 바라게 되지. 너의 지난 일기는 그 마음이 표현된 경우였어.

하지만 건강 얘기에 대해서는 하나 반론하고 싶다. 네가 사람들은 왜 건강할 때 건강을 챙기지 않냐고, 왜 바보처럼 아프고 난 다음에야 챙기기 시작하냐고 했잖아. 나는 아무리 건강한 게 최고라고 해도, 사람이 사람으로 살아갈 때 건강하기 '만' 하면 무슨 소용이냐고 항변하고 싶어. 건강을 잃으면 모든 것을 잃게 된다는 말은 맞지만 그렇다고 '건강이 인생의 모든 것'은 아닌 것 같아. 건강 자체가 삶의 목적이나 열정이 되는 인생은 어쩐지 심심하고 쓸쓸해.

앗, 광주송정역에 다 와간다. 이따 저녁에 다시 일기 이어갈게. 조금만 기다려.

• • •

요조야, 오늘 강연은 무사히 잘 끝났고 벌써 저녁시간
이야. 난 지금 광주송정역 인근에 있는 한 호텔에 머물
고 있어. 오늘 여기서 자고 갈까 해. 지방도시에서 강연
이 있으면 보통 이렇게 일박하고 서울로 올라가. 사실 조
금 무리하면 당일치기도 가능하긴 하지만, 아이 뒷바라
지는 남편에게 맡기고 이렇게 일부러 멀리 떨어져서 잠
시 혼자만의 시간을 가진단다. 내가 이런 시간을 정기적
으로 필요로 하거든. 결혼은 했지만 아이가 없었던 시기
에도 종종 혼자 여행을 다녔고, 아이를 낳은 후에도 애가
아주 어렸을 때부터도 최소 일 년에 한 번은 나 혼자 혹
은 여자 친구들과 여행을 다녀왔어. 그리고 오늘처럼 이
렇게 지방 출장이 있으면 혼자 외박을 했지. 주변의 다른
남자들은 깜짝 놀라며 이렇게 반응하더라. "남편 대단하
다" "네 남편은 정말 이해심 많은 거야, 그런 남편 한국에
잘 없어" "남편 진짜 착한 거야" 등등.

그 말 듣고 화가 치밀었어. 내가 남편의 부속물도 아
니고, 남편이 내 상전도 아니잖아? 부부는 '협의'를 하는
거지, '허락'을 맡아야 하는 관계가 아니잖아. '내가 이번

에 광주에 강연이 있어서 가야 하니까 아이의 식사와 등교 뒷바라지 문제를 협의해서 조정'하는 것이어야 하지, '내가 이번에 광주에 강연이 있어서 가는데 하루 자고 와도 되냐고 허락을 맡아야 하는 일'이 되면 곤란하지.

요조가 우리 모두 '있을 때 잘하자!'라고 말했잖아. 우리가 있을 때 잘하지 못하는 이유는 그것이 당연히 있을 거라고 간과하기 때문이겠지. 그리고 우리는 상대의 존재에 너무 익숙해지다보니 당연히 그 자리에 계속 있을 거라고 보는 거야. 나는 그렇기 때문에 가까운 사이일수록 때로는 서로에게 낯설어질 필요가 있다고 생각해. '하나로 똘똘 뭉치는 것' 이상으로 '각자의 개체로 흩어질 줄 아는 것'이 중요한 것 같아. 그러면 더 독립적인 사람이 되고, 성숙해지고, 서로가 더 잘 보이게 되는 것 같아. 가족과의 관계뿐만이 아니라 기혼여성 스스로에게도 엄마나 아내라는 '역할' 연기에서 벗어나게 하는 혼자만의 공간과 시간은 정기적으로 필요하다고 본다. 아니면 나라는 사람이 유독 그걸 더 필요로 하는 걸까?

기혼여성이 혼자 여행 가는 일을 '자유'라는 단어로 뭉뚱그려서 혹은 퉁쳐서 표현하고 싶지는 않아. 찢어진 청바지를 입은 것이 자유로운 영혼을 자동적으로 의미하는 것은 아닌 것처럼 말야. 다만 가족이라는 이름으로, 사랑이라는 명분으로 부모가 자식을, 자식이 부모를, 부부가 서로를 가급적 통제하거나 규제하지 않았으면 좋겠어. 사랑하는 사람이 무언가를 하고 싶어할 때, 나의 이기적인 이유로 그것을 막아서는 안 되지 않을까? 요즘 사람들이 결혼을 점점 안 하는 것도, 결혼하면 여러 면에서—특히 여자가—자율성과 선택권을 침해받기 때문이 아닐까? 결혼생활의 문법부터가 많이 바뀌어야 할 거야.

나 왜 이렇게 흥분하고 있지?

난 이만 너의 방송을 들으며 진정해야겠어. 게다가 너의 목소리를 듣고 있으면…… 잠이 정말 잘 오거든.

잘 자.

경선 씀

그러나
그럼에도 불구하고,
저는 또 까먹게 되겠죠.
까먹기 전에 얼른 말할게요.
너무 사랑하는 언니가.
제가.
그리고 이 이야기를 듣고 있는 당신이
여기 있어요.
있을 때, 잘해야 해요.

우리가 있을 때 잘하지 못하는 이유는
그것이 당연히 있을 거라고 간과하기 때문이겠지.
그리고 우리는 상대의 존재에 너무 익숙해지다보니
당연히 그 자리에 계속 있을 거라고 보는 거야.
나는 그렇기 때문에
가까운 사이일수록 때로는
서로에게 낯설어질 필요가 있다고 생각해.
'하나로 똘똘 뭉치는 것' 이상으로
'각자의 개체로 흩어질 줄 아는 것'이 중요한 것 같아.

요
조

서로 간에
비밀이 조금도
없어야 한다는
강박적 태도

제주도는 지금 미친듯이 바람이 불고 있어요.

정말로 이곳의 날씨는 변화무쌍해요.

단순히 비가 오다가 갑자기 그치고 하는 그런 수준이 아니라, 좀 극단적으로 말해보자면 여름에서 겨울로 점 프하는 것 같은 변덕도 가능한 섬이더라고요.

섬이 생각보다 커서 차를 타고 달리다보면 비가 오는 지역에서 안 오는 지역으로, 눈이 안 오는 지역에서 오 는 지역으로 이동하는 경험은 아주 흔하고요. 제주 시내 를 제외하면 서울만큼 고층건물도 없다보니 하늘도 땅 도 아주 멀리까지 보여서 내가 서 있는 곳에서는 비가 안 오는데 저기 앞쪽에서는 비가 내리고 있는, 그런 광 경을 본 적도 있었어요. 정말 웃기죠? 마치 '트루먼쇼' 가 제작되는 스튜디오 같았답니다.

오늘은 이 바람을 뚫고 제주 서쪽으로 달려가서 한 북페 어에서 강연을 했어요.

이제 책방을 운영한 지도 햇수로는 5년 차이고, 책에 관계된 이런저런 일을 하다보니 자연스럽게 이에 관련 한 강연을 작년부터 몇 번 하게 되었는데, 아무래도 같은 내용을 반복해서 말하다보니 처음보다 조금씩 말하는 게 수월해진다는 걸 느끼고, 동시에 그럼에도 많은 사람들 앞에서 이야기하는 건 정말 어려운 일이다, 라고도 느껴요.

그걸 가장 격하게 느꼈을 때는 제주도 내의 한 대학교에서 특강을 할 때였어요.

마이크를 잡고, "안녕하세요. 저는 요조라고 합……" 하고 있는데 자는 학생들이 있는 거예요. 제가 오버한다고 생각할 수도 있겠지만, 진짜로, 제가 인사를 하는 순간부터 자는 학생들이 있었어요. 속으로 아니 어떻게 저렇게 빨리 렘수면이 가능해지는가, 순간적으로 어이가 없었지만 가만 생각해보니 저도 대학교 1학년 때는 저랬던 거 같더라고요.

아무튼 대부분의 학생이 너무 곤하게 잠을 자고 있는 그 공간에서 저는 저에게 할당된 말을 로봇처럼 착실하게 웅얼거리면서 한 시간 강연을 겨우겨우 마쳤어요.

다 마치고 나서 그냥 쿨하게 그럼 이만! 안녕! 하고 재빠르게 무대에서 내려와버렸어야 했는데, 이놈의 미련을 버리질 못하고, 혹시 뭐 궁금한 게 있으면 물어보라고 학생들에게 조심스럽게 이야기해보았더니, 역시

나, 마지막까지, 기대를 저버리지 않고, 질문이 없더라고요! 저는 "구, 궁금한 것이 하나도 없을 정도로 제 이야기가 너무 완벽했군요! 정말 뿌듯한데요? 그럼 조심히들 돌아가서요!" 하고 대기실로 돌아와 강당이 무너질 강도의 한숨을 쉬었답니다……

언니 역시 자주는 아니더라도 강연을 꾸준하게 하고 있고, 직접 쓴 책에 대한 내용 외에도 삶의 태도나 인간관계에 대해서랄지, 혹은 경계에 있는 삶에 대해서랄지, 정말 광범위한 주제로 강의를 하시잖아요. 임경선의 강연론이 새삼스럽게 궁금해지네요.

참 그나저나 지방에 스케줄 다녀올 때 아이와 집안일을 남편에게 맡기고 여차하면 일박을 하고 오는 부분을 두고, 친구들이 정말 좋은 남편을 두었다고 남편 칭찬을 한다고요. 참 남자들은 좋겠어요. 당연한 일을 해도 칭찬해주는 사람이 주변에 너무 많잖아요? 비꼬는 게 아니라 진심으로 부러워서 하는 말이에요. 부부는 '협의'를 해야 하는 관계이지 '허락'을 받아야 하는 관계가 아니라는 언니의 말도 정말 중요한 말이라고 생각해요. 사실 한국 사회에서 '협의'와 '허락'의 차이를 구분할 줄 아는 사람이 얼마나 될까요? 저는 조금 회의적이에요.

부부의 경우뿐만 아니라 저는 부모와 성인이 된 자식 간의 경우에도 해당되는 이야기라고 보는데, 그런 상황을 가장 극명하게 나타내주는 공중파 아침드라마의 클리셰 중 하나가 바로, 결혼을 원하는 남자가 여자 쪽 부모님 앞에 무릎을 꿇고 따님과의 결혼을 '허락'해달라고 사정하는 장면 아닐까 해요. 그 외에도 여러 클리셰 대사들이 있죠. 이를테면 "넌 무슨 말대꾸가 그리 많아? 부모가 하라면 하라는 대로 해야지"랄지 "내 눈에 흙이 들어가기 전엔 자네 따위에게 내 딸은 줄 수 없네!"랄지…… 어떻게 이렇게 잘 아냐고요? 저는 서울 부모님 댁에 가면 효도 차원에서 부모님이 보시는 드라마를 같이 보곤 하거든요. 언니는 공중파 아침드라마 같은 걸 볼 일이 없을 테니 잘 모르겠지만 아직도, 네, 2019년에도 이런 뜨악스러운 대사가 범람하고 있답니다.

이렇게 '허락'을 요구받는 관계에 따르는 또하나의 큰 문제는 서로 간에 비밀이 조금도 없어야 한다는 강박적 태도 같다는 생각도 들어요.

'난 너의 부모니까 너의 모든 것을 속속들이 알고 있

어야 돼.'

　'난 당신의 아내이니까 혹은 남편이니까, 우리는 연인
이니까, 당신의 모든 걸 내가 다 알고 있어야 돼.'

　이런 사고방식 때문에 자식의 일기장을 보는 것을, 내
연인이나 배우자의 핸드폰을 몰래 보는 것을 너무나 당
연하게 여기면서, 아니 부모가 자기 자식 일기 보는 게
무슨 문제냐, 하는 태도를 취하게 되는 것 같아요.

　물론 음…… 이건 정말 쉬운 일이 아니죠.

　저부터도 애인 핸드폰을 몰래 보고서 적반하장으로
성질을 냈던 적이 있었거든요.

　아무튼 사랑으로 엮인 관계 안에 계란처럼 비밀이 있
다면 다들 조심조심했으면 좋겠어요. 뭐가 들었는지 일
일이 바닥에 깨뜨리면서 이게 사랑이야! 라고 외치는 바
보짓은 제발 좀 멈추고요.

딱 이 순간 귀신같이 언니에게 문자가 왔어요.

　'이번에 준비하는 에세이 책 표지 시안을 컨펌하는 중
이고, 내가 지금 얼마나 까탈스럽게 굴고 있는지 넌 절대
알아서는 안 될 것'이라는 내용이네요.

　네…… 당신의 그 무시무시한 까탈스러움에 대한 비

밀 꼭 지켜주세요.

신요조 씀

기훼에성이 홀자 여행 가는 일을
'자유'라는 단어로 뭉뚱그려서
혹은 뭉쳐서 표현하고 싶지는 않아.
찢어진 청바지를 입은 것이
자유로운 영혼을 자동적으로 의미하는 것은
아닌 것처럼 말야.
사랑하는 사람이 무언가를 하고 싶어할 때,
나의 이기적인 이유로 그것을 막아서는 안 되지 않을까?

~~사랑으로 묶인 관계에야~~
사랑으로 엮인 관계 안에
계르리는 비밀이 있다면

다들 조심조심했으면 좋겠어요.
뭐가 들었는지 일일이 바닥에 깨뜨리면서
이게 사랑이야!
라고 외치는 바보짓은 제발 좀 멈추고요.

경
선

사람들
앞에서
말을
잘하고
싶지만

요조에게

　내가 어떻게 강연하는지 궁금하다고? 별거 없는데. 그래도 물어보니까 답할게. 기록을 뒤져보니 내가 글을 쓰기 시작한 것은 2005년, 그리고 강연을 하기 시작한 게 2009년이네. 그러니까 10년 전이고, 음, 다 세어보니 책과 관련한 북토크를 제외하고 총 137번 한 걸로 나와. 이게 많은 건지 적은 건지 잘 모르겠지만 아무튼 137번 강연한 경험을 토대로 내가 받아들이고 깨닫게 된 몇 가지를 너와 공유할게.

첫째, 사람의 타고난 성격은 바꾸기 힘들다는 것. 나는 사람들 앞에서 말을 잘하고 싶지만, 타고나기를 내성적이고 수줍음을 많이 타서 어렸을 때부터 사람들 앞에 나가서 말하는 것이 고역스럽고 싫었어. 무대체질과는 거리가 아주 멀었지. 목소리도 작고, 쇼맨십도 없고, 애드리브도 못 쳐. 그나마 경험이 쌓이면서 조금 나아졌지만 지금도 근본은 마찬가지야. 강연 일주일 전에는 강연록이 다 준비되어 있어야 안심하고, 강연 전날부터 떨리고 불안해져. 박수를 받고 무대에 올라설 때면 머릿속이 하얗게 돼. 하지만 또 그만큼 강연이 끝나면 그게 그렇게 또 훈련할 수가 없어.

아무튼 나는 이런 나의 내향성을 받아들이고, 내가 남들 앞에서 말하는 일을 어려워하니까 오히려 더 신중하게 준비할 수 있는 거다, 라고 생각하기로 했다. 또한 나의 부족함에도 여전히 어디선가 나를 찾아주고, 나의 이야기를 필요로 해줌에 겸허히 감사해야겠다는 생각도 들었고.

다음으로 둘째, 강연의 방식보다 강연의 내용이 더 중요하다는 것. 초기에는 꼬박꼬박 PPT 파일 빔으로 쏘고, 무대에 서서 왔다갔다하면서 강연을 했던 것 같아. 어쩐지 강연은 그렇게 해야 한다는 강박이 있었나봐. 잘하지도 못하면서. 나는 들러리적인 것들에 신경쓰느니 차라리 강연 내용의 '밀도'를 최대한 높이는 데 더 신경쓰기로 했어. 강연에서 어떤 내용을 전달하느냐가 결국 본질이자 핵심이잖아.

그래서 나는 강연록 원고를 몇 번이고 필요한 만큼 수정해. 가급적 이해하기 쉬운 단어를 사용하고, 이야기의 흐름이 논리적이고 설득력이 있는지 확인하고, 단 한 문장이라도 하나 마나 한 소리를 넣지 않으려고 해. 그러고는 다 작성하면 스스로에게 이렇게 물어봐. 내가 사람들 앞에서 하려는 말이 공유할 만한 가치가 있는지. 내가 그 주제에 대해 충분한 시간을 들여 스스로의 머리로 사유 하고 성찰했는지. 내가 진심으로 깊이 신뢰하고 확신하 는 내용을 전달하고 있는지.

거창한 주제나 담론이 아니라도 내가 좋은 마음을 가지고, 진심으로 전달하고 싶은 내용이라면 나는 어색해하지 않을 것이고, 사람들에게—거기 있는 모두가 아니더라도—제대로 가닿을 거야. 몇몇이 내 앞에서 자든 말든, 그건 걔네 문제일 뿐이고.

셋째, 강연 내용을 외울 때는 '시각적으로' 외워야 한다는 것. 강연에서 할 말을 보고 읽을 게 아니라면 어느 정도 머릿속에 외워둬야 하잖아. 사람마다 다르겠지만 내 방법은 이래. 강연록을 A4용지로 출력해서 반으로 잘라. 그런 다음, 강연할 때 들고 볼 수 있는 A5 사이즈 인덱스 카드에 붙여. 그 인덱스 카드를 돌려보면서 외우는 데, 이때 중요한 건 거기 쓰인 문장을 하나하나 달달 암기하는 게 아니라, 각 인덱스 카드를 '시각적'으로 '통으로' 기억해야 한다는 거야. 내용보다 '전체 구성' 혹은

'뼈대'를 순서대로 눈에 익혀버린다고나 할까. 그다음 단계로, 각 인덱스 카드의 소제목, 핵심 단어, 핵심 문장을 머릿속에 익혀. 그렇게 하면 강연에서 풀어낼 때 '외워서 말하는 게 아닌', 내가 자연스럽게 '살을 붙이면서 풀어서 말하는 게' 가능해져.

마지막으로 넷째, 내가 강연하기에 편안한 환경을 사전에 마련할 것. 행사나 강연에는 내가 통제할 수 없는 불확실한 변수가 많기 때문에, 강연을 잘하는 데만 더 집중하기 위해 스스로 다른 세부사항들을 체크해두는 게 바람직해. 음, 어떤 것들이 있을까?

우선, 내가 합당한 금전적 대가를 받고 일하는 것이어야 스트레스가 없어. 또한 주최측에 내가 편안할 수 있는 무대 세팅을 정중히 요청해둬. 나는 이제 테이블과 의자를 부탁해서 무대 중앙에 앉아. 필요하면 정리해둔 강연록도 중간중간 봐가면서 해. 사람들과 차분히 시선을 마주하면서 신중하게 이야기를 전달하고 싶으니까 내 몸이 편한 게 중요하더라. 내 몸이 편안하면 중간에 잠시 말을 멈춰도 그 침묵의 순간을 내가 지배하고 있는 느낌이라 당황하지 않게 돼.

그 외에도 그날 입은 내 옷차림이 마음에 들어야 하고, 사소하게는 강연 시작 전에 주최측 담당자한테 이끌려 주최측의 높으신 분 방에 인사하러 가서 억지로 소파에서 마주보고 앉아 차 한잔 마시는 일은 가급적 없어야겠지. 특히나 공공기관에는 이런 '의전'들이 종종 있어 강연 전에 엄청 기 빨리니 원치 않는다고 미리 담당자와 조율해두는 게 좋아.

내가 이 주제에 대해 이렇게 구구절절 말하고 있자니 조금 민망하군. 여전히 내게는 쉽지 않은 일이고, 예전에는 '내가 미쳤구나. 왜 그때 그런 말을 했지?'라며 강연 후 끙끙 앓았던 적도 많았다.

우리가 대중 앞에 창작물을 선보이는 일을 하는 동안에는 어떤 형식으로든 끊임없이 사람들 앞에 나가서 무언가를 말해야겠지. 그 과정에서 서툴고 민망하고 가끔 당혹스러운 일이 생기더라도 말야. 불특정 다수 앞에 나선다는 것—그것은 모든 사람이 나한테 관심 있는 건 결코 아니라는 당연한 사실을, 나와 생각이 다른 사람들이 엄연히 존재함을 우리에게 알려주는 것 같아. 그 덕분에 우리는 조금 더 겸허해지고 조금 더 단단해지리라 믿어.

참! 아주 사소한 의견이 하나 더 있어! 무대로 나가서 강연을 시작하면서 '나 오늘 되게 떨린다'라는 식으로 말문을 여는 것은 좀 별로인 것 같아. 강연을 잘 못할 것을 대비해서 미리 응석부리며 선수 치는 느낌 같아. 왜 해보기도 전에 지고 들어가는 거야. 직장인들이 외국인들 앞에서 영어로 발표해야 할 때도 저 오프닝 멘트를 곧잘 쓰곤 하는데…… 하지 마요.

경선 씀

이제 책방을 운영한 지도 햇수로는 5년 차이고,
책에 관계된 이런저런 일을 하다보니
자연스럽게 이에 관련한 강연을 하게 되었는데,
아무래도 같은 내용을 반복해서 말하다보니
처음보다 조금씩 말하는 게 수월해진다는 걸 느끼고,
동시에 그럼에도

많은 사람들 앞에서 이야기하는 건
정말 어려운 일이다, 라고 느껴요.

불특정 다수 앞에 나선다는 것—
그것은 모든 사람이 나한테 관심 있는 건
결코 아니라는 당연한 사실을.
나와 생각이 다른 사람들이 엄연히 존재함을
우리에게 알려주는 것 같아.
그 덕분에 우리는 조금 더 겸허해지고
조금 더 단단해지리라 믿어.

요
조

섹시한 건
아무튼
피곤한
일이네

깨알같은 임경선의 강연론, 정말 유익했어요.

들으면서 자연스럽게 저의 스피치를 뒤돌아보게 되었고, 몇 가지 반성을 하기도 했어요. 특히 '지금 너무 떨린다'라고 강연 시작 전에 미리 말하는 것을 두고 어리광이라고 일침했던 언니의 마지막 말은 세상 예리한 비수가 되어서 이 글을 적고 있는 지금도 제 뒤통수에 꽂혀 있어요.

얼른 이 비겁한 말버릇을 고쳐야겠어요.

부지불식간에 "지금 너무 떨……" 하고 말이 튀어나오면 얼른 마지막 발음을 뭉개버리고 '설레요'라는 말로라도 바꿔야겠다고.

근데…… 아닌 게 아니라 저 정말 설레야 할 것 같은 경미한 강박을 요즘 날씨를 보며 느껴요.

집에 먹을 게 없어서 근처 식당 가서 밥 먹으려고 집에서 입는 후줄근한 옷에 카디건 하나 걸치고 나오는데, 동네 담벼락에 꽃 핀 거 보고 마음이 뭔가 덜컹하더라고요.

꽃은 인간의 애욕을 함축적으로 보여주는 애들이 아닌가 하는 생각이 들어요. 봐도 봐도 그리움을 불러일으키고, 멀리서 보면 화사하고 아름답고 청초한데, 가까이 들여다보면 정말 야하고, 음흉하고.

'꽃이 참 섹시하게도 피었군'이라고 생각하면서 오랜만에 '섹시'라는 단어를 떠올려본 것이 재미있어서 동네 식당으로 걸어가는 길에 계속 그 단어를 가지고 갔어요.

그리고 순두부찌개를 먹으면서는 '자기 일에 몰두하는 사람이 섹시해 보인다던데'라는 생각을 했고, 아이스아메리카노를 사서 다시 작업실로 돌아오면서는 '섹시한 건 아무튼 피곤한 일이네' 하고 생각했어요.

자기 일에 몰두하는 모습이야말로 가장 섹시하네 어쩌네 하는데, 그것도 일단 좀 씻고 옷도 깔끔하게 차려입고, 그리고 나서 자기 일에 몰두해야 섹시해 보이는 거지, 저처럼 씻지도 않고 후줄근한 옷을 입고 아무리 노트북에 코를 박고 몰두해봤자 누가 섹시하다고 봐주겠냐고요.

일상에서 '피곤함'의 지분이 점점 커지는 기분이 들어요. 방금 섹시해지는 것도 피곤하다, 라고 말했지만 분명히 몇 년 전만 해도 나에게 즐거움과 행복을 가져다주었던 많은 것들이 지금은 피곤함의 영역으로 나도 모르게 넘어와버렸어요. 대표적인 것으로 누군가를 만나는 것 자체. 이유 없이 누구를 만나는 일을 이제는 잘 안 하게 돼요. 마찬가지로 친구들을 만나 야단법석 술을 마시고 떠드는 것도 정말 어쩌다 있는 일이 되었고요. 여기저기 돌아다니며 쇼핑하는 것도, 공연을 보는 일도 슬금슬금 이쪽으로 오고 있네요.

며칠 전에는 트위터에서 요즘 성욕이 없어져서 세상이 너무 아름다워 보이고 행복하다고 누가 쓴 글을 보았어요. 제 또래로 보이던데. 맞아요, 성욕도 피곤함의 영역으로 올 때가 됐죠. 그러고 보니 어제 읽었던 단편소설도 비슷한 맥락이었어요. 장류진 작가님의 「나의 후쿠오카 가이드」라는 소설인데요. 줄거리를 아주 과격하게 요약해보자면 이래요.

어떤 남녀가 등장하고요, 그들은 썸을 타요.

남자는 여자와 자연스럽게 밤을 같이 보낼 기대를 하는데요, 그 기대가 깨지게 돼요.

어이없어하는 남자에게 여자가 말해요.

자고 나면 다 똑같아지지 않냐. 너도 그걸 알지 않냐. 그래서 실제로 잤는지 안 잤는지보다는 자고 싶다는 마음, 그 마음 자체가 중요한 거 같다. 당신이 나랑 자고 싶어하는 마음이 있었고, 나도 그 마음이 반 정도는 있었으니, 그걸로 된 거 같다.

'자고 싶음'만 영위하고 자지는 말자는 여자의 제안이
너무 유쾌하고 슬펐어요.

어차피 자고 나면 다 똑같아지는 거 당신도 알지 않냐,
라는 말속에서 묻어나오는 연애 자체에 대한 '피곤함'에
조금 겁도 났고요. 아까 말하지 않았지만 저를 피곤하게
하는 여러 리스트 중에는 '연애'도 있는 것 같거든요. 다
정하고 훈훈하고 건강한, 나밖에 모르는 남자애와 5년
째 만나오고 있는 입장에서 '연애'가 피곤하다는 말이
할 소리냐고 하겠지만, 동의하지만, 그치만 가끔은 정말
로, 이애가 연애에 대한 내 피곤함의 증거가 아닐까 하는
생각을 할 때가 있어요.

저 역시 그애에게 그런 존재일 수도 있겠죠.

신요조 씀

무대로 나가서 강연을 시작하면서
'나 오늘 되게 떨린다'라는 식으로
말문을 여는 것은 좀 별로인 것 같아.
강연을 잘 못할 것을 대비해서
미리 응석부리며 선수 치는 느낌 같아.
왜 해보기도 전에 지고 들어가는 거야.

'지금 너무 떨린다'라고
강연 시작 전에 미리 말하는 것을 두고
어리광이라고 일침했던 언니의 마지막 말은
세상 예리한 비수가 되어서
이 글을 적고 있는 지금도 제 뒤통수에 꽂혀 있어요.
얼른 이 비겁한 말버릇을 고쳐야겠어요.
부지불식간에 "지금 너무 떨……" 하고
말이 튀어나오면
얼른 마지막 발음을 뭉개버리고
'설레요'라는 말로라도 바꿔야겠다고.

경
선

어차피
자고 나면
정말
다 똑같을까

요조에게

오늘도 무사히 잘 지내고 있니?

환절기 탓인지, 요새 두루 피곤한 모양이구나. 누군가를 만나러 외출하는 것도 피곤하고, 연애도 성욕도 피곤함의 영역으로 들어왔다니 애석한 일이야. 그래도 너…… 행사는 되게 열심히 뛰더라? 아무튼 네가 적어준 단편소설의 구절을 읽는데 어쩐지 마음이 짠해지더구나.

주인공 여자가 남자에게 이렇게 말했다며. '어차피 자고 나면 다 똑같아지지 않냐. 실제로 잤는지 안 잤는지보다 자고 싶어하는 마음, 그 마음 자체가 중요한 거 같다. 우리에겐 서로와 자고 싶은 마음이 있었으니 그걸로 된 것 같다'고. 나는 그 단편소설을 읽어보지 않아 전후 사정은 잘 모르겠어. 다만 네가 읊어준 문장들만 놓고 본다면 조심스레 그 논지에 항변하고 싶다.

서로를 마음으로만 갈망하는 일은 무척이나 애틋하지. 거기에는 아직 가닿지 않은 신비감도 있어 상대를 이상화해서 바라보고, 서로 가장 좋은 모습만 보이려고 조심조심하기도 할 거고. 상상만으로 추스르고(?) 실천(?)은

억누르는 편이 더 안전한 환상을 보장받을 수 있을 테니까. '어차피 같이 자고 나면 갈수록 서로에 대한 설렘은 없어지고, 자는 것도 권태롭고, 더불어 사랑은 흔적도 없이 사라져 이윽고 이별을 부추긴다'가 세간의 통념인 것은 맞긴 해. 크게 보면 생로병사 과정의 일부이겠지.

혹시 영화 〈컨택트〉를 본 적 있니? 원작소설의 제목은 '당신 인생의 이야기'이지. 한 과학자가 자신의 미래에 닥칠 어떤 불행에 대해 우연한 기회에 알게 되는데, 그 불행은 박완서 작가님의 말씀을 빌리자면 "아주 미량의 감미로움조차 없을 정도로" 압도적으로 슬픈 일이야. 그녀는 자신의 운명이 나중에 그렇게 되리라는 것을 다 알면서도, 정해진 수순대로 담담하게 걸어가면서, 그 과정에서 누릴 수 있는 나름의 행복을 한껏 끌어안아. 마치 훗날의 불행에 대해서는 무엇 하나 모른다는 듯이. 영화를 보는 내내 그녀는 고통을 받아들인 사람만이 자아낼 수 있는 어떤 고요함을 보여주었지. 그래서 보는 사람에겐 오히려 더 예리한 통증과 울렁거림이 여운으로 남더라.

아무튼 내가 지금 하고 싶은 말은—인간은 '감정'이라는 영역을 가지고 있어 종종 비합리적인 선택을 하는데, 그건 그것대로 과히 나쁘지만은 않다는 것. 아니 그렇기 때문에 우리는 지극히 인간적인 것이고 때로는 위대해질 수 있다고 생각해. 그런 맥락에서 '어차피 자고 나면 다 똑같아진다'가 기정사실이라 해도 '다 똑같아지기 전'까지의 시간의 길이는 저마다 다르고, 그사이 느끼게 될 기쁨의 결들도 다양할 거라고 본다.

단지 '끝'이 있다는 것만으로도, 그리고 그 '끝'이 썩 아름답지 않다는 것만으로, 그것을 실패나 불행의 경험으로 치부하는 것은 상대한테도 나한테도 너무 가혹한 처사야. 그 시간들 모두가 우리 인생의 대체하지 못할 시간들이었으니까.

'잘될 것을 확신하니까' '난 반드시 해낼 거니까' 애쓰고 노력하는 사람이 과연 몇이나 될까? 나 포함 많은 사람들은 오히려 '열심히 하고 거기에 운도 따라주면 어쩌면 원하던 바를 이룰지도 모른다'고 생각할 뿐이지. 하지만 그 이전에 결과와 상관없이 우리는 최선을 다해 애쓰는 그 자체로 생생하게 살아가는 실감을 느끼기 때문에, 기쁜 마음으로 발을 푹 담그는 것이 아닐까.

서로를 좋아하고 사랑하게 된 두 사람이 몸을 섞고 싶어
하는 마음은 인간 본성에 부합하는 지극히 자연스러운
일이라, 거기에는 아무런 모순이 없어. 어찌 보면 그런
욕망을 가지면서도 그걸 꾹 누르고 '플라토닉'을 고수하
려는 태도야말로 불순해. 그게 말은 제법 그럴싸해도, 결
국은 '사랑의 좋은 부분만을 오래도록 맛보고 싶다'거나
'상처받고 싶지 않다'라는 응석을 돌려 말하는 것이거든.

    인생의 어떤 국면에 고통이 찾아온다고 해서 미리부
터 체념하거나 지고 들어가기엔 우리의 젊음이, 인생이,
너무 아까운 것 같아. 고통이 동반되지 않는 기쁨에 깨작
대느니 고통이 동반되더라도 끝내 원하는 걸 가지는 기
쁨을 누리고 싶어.

'어차피 자고 나면 다 똑같아진다'라는 명제 자체도 반
드시 정확하다고 볼 수가 없어. 같이 자고 난 후 두 사
람 사이에선 점차 흥분보다 네 말마따나 '피로'를 느낄
지도 몰라. 하지만 간혹 어떤 두 사람은 자고 난 후, 자
신들의 몸 하나만으로도 아무런 유보도 없이, 아무런
잔머리나 밀고 당기기도 필요 없이, 서로를 깊이 충만
하게 해줄 수 있음을 깨닫기도 해. 그 두 사람은 잘수록

조금씩 하향곡선을 그리며 시시해지는 게 아니라 앞으로도 꾸준히 지금처럼 좋거나 혹은 갈수록 더 좋아지기도 한단다. 사람의 몸은 보기보다 무궁무진한 가능성을 지니고 있거든. 사용법만 잘 알면 그 무엇보다도 더 즐겁지.

난 '어차피'와 '다 똑같아'라는 말 그 자체에도 반대하는 입장이야. 그것은 애초에 여러 가지 가능성을 차단하고, '안 좋아짐'을 기정사실로 해서 주변의 모든 것들을 단순하게 하향평준화시키는 단어라고 생각해.

"어차피 해봤자야."

"사람들은 다 똑같애."

나는 이런 말을 입에 달고 사는 사람과는 가급적 거리를 두고 있어. 저 말은 자신의 게으름이나 부족함이나 잘못에 대한 면피로도 곧잘 쓰이고, 타인의 다름을 인정하지 않거나 남들이 뚜벅뚜벅 걸어나가려고 하는 걸 발목붙잡으며 초를 치는 사람들의 말일 테니까.

인간을 인간답게 하는 감정의 영역에서만은 가급적 자유롭게 놔주면 좋겠어. 누군가를 좋아하고 사랑하고 체온을 나누는 일은 개인이 누릴 수 있는 최고의 기쁨이

자 행복이 아닐까? 피곤함은커녕 한 개인에게 이것만큼 생기와 활기, 그리고 살아가는 의미나 동기를 부여해주는 것이 없다고 생각해. 그럼 대체 네가 느끼는 그 피곤함의 정체는 뭐냐고? 그거야, 음, '특정인'과의 그것이 피곤해진 것뿐이지, 연애와 사랑 그 자체에는 애초에 아무런 죄가 없단다.

생각해봐, 요조야.

우리 처음에 이 교환일기 시작하면서 사실 쪼끔 걱정했었잖아. 망하면 어떡하지, 우리 혹시 싸우고 의 상하면 어떡하지…… 이러면서. '확률적으로' 동업은 대개 그런 편이었으니까. 하지만 우리는 그런 확률 따위 개나 줘, 라며 그냥 질러버렸지. 망할 것과 의가 상할 가능성은 어른스럽게 받아들이되, 결코 그에 짓눌리지 않고, 주어진 이 순간 온 마음을 다해 쓰면 그걸로 된 거지, 뭐. 행여나 불행이 우리에게 닥쳐 망하거나 의가 상해 다시는 서로 얼굴을 안 보게 된다 하더라도 나 그거 하나는 너에게 약속한다. 내가 아는 너의 모든 비밀은 무덤까지 갖고 가겠다고. 그런데 말하고 보니 이게 더 무섭네……

아무튼 환절기 건강 잘 챙기고 있어.

오늘은 이만 안녕.

경선 씀

요
조

우리가
처음
만난
날

"영화 〈컨택트〉를 본 적 있니?"

라는 언니의 말을 듣자마자 저 순간적으로 짧은 탄식을
내뱉었어요. 책으로도 영화로도 너무 감명 깊게 읽고 보
았거든요.

　책에서는 자신의 미래를 알면서도 그 운명을 따라가
며 순응하는 삶에 대해서 마치 "배우가 짜여진 대본을
따라 연기를 하듯이"라고 묘사했죠. 정말로 근사하게 느
껴지는 묘사였어요. 그치만 과연 내가 나의 미래를 알게
된다고 했을 때, 마치 배우가 자기에게 주어진 배역을 연
기하듯이 그렇게 모르는 척 현재를 열연할 수 있을까. 만
약에 내가 조만간 아주 불행하고 고통스러운 죽음을 맞
으리라는 걸 아는데도, 그걸 모르는 척 웃고 게으름부리
고 내 주변 사람들한테 소홀하게 굴 수 있을까라는 생각
을 아주 오래 했던 기억이 나요. 어쩐지 저로서는 감당하
기가 버거운 이야기였어요.

　그런데 사실 저는 그보다도 〈컨택트〉에서 더 인상깊었
던 것이 있답니다.

　바로 언어가 우리의 사고에 영향을 미친다는 이야기
였어요. 사피어-워프의 가설 Sapir-Whorf hypothesis 이라고

하는 그 논리가 저를 완전히 사로잡았지요.

실제로 저는 책을 읽으면서 그런 경험을 정말 많이 했거든요. 분명히 느끼고 감각하고 있는 내 안의 어떤 생각들이 언어를 찾지 못한 채로 방황하다가, 책을 읽으면서 완벽한 언어의 옷을 찾아 입고 비로소 내 입을 통해 발화가 가능해지는 체험요. 그러면서 동시에 그 언어들이 다시 제 사고로 끼어들며 저를 계속계속 흔들고 바꿔가고요. 최근 몇 년간 그렇게 저를 흔들고 바꾼 단어 중에 하나가 페미니즘인 것 같아요. 그 외에도 '성실'이라는 단어는 언니의 책이 아니었으면 저에게 와서 끊임없이 영향력을 행사하는 존재가 되지 않았을 거예요. 이러한 체험들이 저로 하여금 계속 책과 독서를 욕망하게 만들어요.

얼마 전에 어딘가에서 읽은 개념인데요. '점화효과'라는 게 있대요. 시간적으로 먼저 제시된 자극이 나중에 제시된 자극의 처리에 영향을 주는 촉진현상을 나타내는 인지심리학 용어라고 하는데, 쉽게 이야기하면 우리에게 노출된 메시지들이 은연중에 우리에게 영향을 미친다는 거예요. 그러면서 이어서 몇 가지의 단순한 실험을 소개

하길래 그것도 읽어보았는데요. 이런 식이에요. 두 그룹
이 있는데, 한 그룹에게는 돈과 상관없는 단어들을 노출
시키고, 다른 그룹에는 돈과 관련된 단어들을 노출시켜
요. 그랬더니 돈과 관련된 여러 단어들을 반복적으로 들
려준 그룹에서 더 이기적이고 매정한 태도들을 보였다,
뭐 이런 이야기인데요. '아니, 고작 단어 몇 개로 인간
이 이렇게 확확 변한단 말이야? 인간이 그렇게 바보냐!'
라는 생각을 하면서 읽었지만, 실은 인간은 바보잖아요.
정말 바보가 맞아요. 그래서 단어 하나에도 인간은 영향
을 받죠. 그뿐만 아니라 우리가 보는 방송, 우리가 듣는
음악, 우리가 만나는 친구들로부터 알게 모르게 영향을
받을 수밖에 없을 거예요.

　이 점화효과라는 것은 지속력이 길지는 않아서 일정
시간이 지나면 원래의 자기 모습대로 돌아온다고 하는
데, 그럼에도 불구하고 반복적으로 노출된다면 은연중
에 우리 태도의 일부가 되겠죠.

생각해보면 저는 '모든 게 피곤하고 지친다'라고 말하기
를 좋아하고, 언니가 끔찍해하는 '어차피'라는 말도, '다
똑같다'라는 말도 정말 자주 쓰는 체념이 짙은 사람인데,

그때마다 언니가 그거 아니라고, 언제나 말로 행동으로 저항했던 것 같아요. 그걸 보면서 제가 체념이라는 늪에 빠지지 않으면서 꾸역꾸역 제법 성실한 사람으로 살아가는 게 아닌가 하는 생각을 했어요.

그러고 보면 언니도 저 때문에 조금은 느긋한 사람이 되지 않았나요?

책 한 권 내자마자 다음 책 뭐 쓰지 안절부절못하던 언니에게 제가 따끔하게 일침을 가한 적이 있었잖아요. 지금 너무 아티스트답지 않다고, 그렇게 게으름이 없어서야 어디 되겠냐고 말이에요.

서로에게 이렇게 영향력을 행사하는 존재라는 게 너무 웃기고 신기하지 않나요? 우리가 처음 만났을 때만 해도 이렇게 될 줄은 전혀 짐작하지 못했는데.

그러고 보니, 우리 방송 댓글로 어떤 분이 우리 처음 만났을 때 어땠냐고 물어보셨죠.

전 아직도 기억나요. 트위터로 제 트친 중 한 명이 조촐한 저녁식사 모임에 초대를 해서 나갔는데, 거기에 언니가 있었죠. 그게 몇 년 전이냐 정말…… 근데 이제 와서 하는 말이지만 저 그때 그 자리에 언니가 온다고 해서 나간 거예요. 예전에 '유희열의 라디오천국'에서 언니가 캣우먼이라는 가명으로 진행했던 코너의 열혈 애청자였거든요. 아니 어떻게 저렇게 똑 부러지는 목소리로 매 고민에 현답을 내놓을 수가 있을까. 저 사람은 어떤 인생을 살았길래 모든 인생고에 저토록 정통할까. 방송 때마다 매번 감탄을 금치 못했어요. 그런 사람을 만날 수 있다니 제가 나가지 않을 이유가 어디 있었겠어요.

이태원의 어느 작은 레스토랑에서 쭈뼛쭈뼛 "아, 안녕하세요" 하고 인사하던 때가 엊그제 같은데……

어쩌다 이렇게 된 거죠, 우리?

신요조 씀

경
선

관용이
필요해

요조에게

　초여름의 기운이 살짝 감도는 푹 익어가는 봄날씨야. 꽃잎들이 나부끼고 나무에는 연두색 아기잎사귀가 돋아나고. 온 세상에 좋은 기운이 한가득 차오를 때. 날은 이토록 좋은데 내게는 조금 심란한 한 주였어. 대체 무슨 일이 있었냐고 너는 아마도 궁금해할 테지. 쉽게 말하자면…… '개인의 자유'가 침해받는 모습을 마주했어. 한번은 내가 신뢰하는 어떤 사람이 당했고, 또 한번은 내가. 한 번은 상대의 입을 막아버리는 방식으로, 또 한번은 그와 반대로 상대의 입을 억지로 열게 하려는 방식으로.

사람들은 왜 타인의 생각이 나와 같을 수만은 없다는 것을 인정하지 못할까. 상대의 '다름'을 어째서 섣불리 '틀림'으로 낙인찍는 걸까. 한데 요즘 같은 온라인 환경에선 우리는 너무나 많은 타인들을 너무나 가까이서 접하면서 나와 다른 생각을 가진 사람들을 더욱 감당하기 버거워하는 것 같아. '톨레랑스' 즉 관용의 문제랄까. 나와 타인 간에 생각의 차이를 발견했을 때, 우리는 다음과 같은 태도들을 가질 수 있다고 생각해.

　1. '나는 이렇게 생각하는데 너는 조금 다르게 생각하

는구나. 아, 그렇구나' 하고 차이를 인정하고 그대로 두는 태도.

2. 나와 다른 부분이 조금 불편해서 적당히 거리를 두는 것.

3. '왜 너는 그렇게 생각하는지 궁금하다. 좀더 자세히 알려줄래?'라고 의견을 주고받거나 토론하는 것. 어느 한쪽이 설득될 수도 있지만, 결론을 내린다거나 누가 이기는 것을 목표로 하는 건 아냐. 다만 서로의 관점을 좀더 깊이 이해하고 자신의 논리에서 부족한 부분을 자각하게 되는 효과는 있겠지.

한편 나와 타인의 생각에 차이가 있을 때 결코 보여서는 안 되는 태도는 이런 거야.

'너의 생각은 틀렸어. 그러니까……'

뒤에 이어지는 말은 이래.

'너의 생각은 틀렸어. 그러니까 입다물어.'

'너의 생각은 틀렸어. 그러니까 내가 시키는 대로 말해.'

이건 분명히 폭력인데, 그 폭력성을 숨기기 위해 '정의'나 '정치적 올바름'이라는 명분을 빌려와서 휘두르는 부분이 가장 슬픈 것 같아. 역사적으로도 파시즘은 처음에 이렇게 시작되었지. '다른 의견'이 있다는 것은 필연적인 인간의 조건인데, 소수의견이나 다른 생각의 가능성을 부정하겠다는 것은 세상사를 극단적인 흑과 백으로 나누어 보겠다는 심사나 다름없어. 정말이지 그 누구도 타인의 입을 막을 권리, 혹은 이렇게 말하라고 강요할 권리는 없는데. 한 치의 의심도 없다는 것은 사람을 바보로, 맹목적으로, 극단적으로 만들어버리는 것인데.

참 희한한 게 나와 생각이 다른 상대에게 어떤 낙인을 찍잖아? 상식적으로는 무죄추정의 원칙에 따라 낙인을 찍은 쪽이 자신이 그렇게 하는 이유를 논리적으로 설득시킬 수 있어야만 해. 그런데 우선 낙인부터 찍어놓고는 '만약 당신이 아니라고 한다면 그걸 증명하라'고 요구하는 건 너무나 부당하지. 그뿐만 아니라 상대가 반론을 제기해도 제대로 듣지도 않아. 왜냐하면 시작부터 그들은 진실과 사실을 중시하기보다 자기 이익에 부합하는 대로 해석하려는 것이니까. 이런 막무가내가 통용되기 시작하면 사람들은 점점 자체검열을 하게 되고 만인에 의한 만인의 감시사회가 열리는 거야. 지옥이 별게 아냐. 혐오가 동력이 되는 사회, 이해와 타협, 합리적 논의 없이 힘겨루기로 상대 입을 막는 사회가 우리 가까이에 있는 지옥이라고 나는 생각해.

요조야, 오늘 내가 너무 진지한가? 하지만 네가 말했듯이 우리는 바보 같은 인간들이고 쉽게 타자의 영향을 받기 때문에, 개인의 자유를 침해하는 부분에 대해 섬세하고 예민하게 스스로를 지켜내야만 해. 우리는 "너를 위해서 하는 말이야"라고 말하는 사람들을 조심해야 해. 그 말을 하는 사람들 중엔 '본인 스스로를 위해서' 그 말을 하는 사람들이 있거든? 아무튼 내가 나의 생각을 존중하는 만큼 상대의 생각도 존중은 하되, 휘두르지도 휘둘리지도 말자.

지난주에 너와 내가 처음 만난 날을 이야기했지? 나도 뭐 지금처럼 매일 이야기하는 관계가 되리라고는 상상도 못 했지. 내가 아는 사람들 중 가장 아티스트적인 사람이 너이고, 네가 아는 사람들 중 가장 사무적인 사람이 나일 거야. 마치 공장 가동시키듯이 책 한 권 뚝딱 뽑아내고 바로 또 뒤돌아서서는 쫓기듯이 새 책 작업을 시작하는 나를 보고 네가 "언니, 예술하는 사람은 그러는 거 아니에요"라고 말을 툭 내뱉었던 것이 내게는 엄청난 충격이었어. 왜냐하면 소설을 몇 권 썼다고 해도 나는 스스로가 예술을 하고 있다는 자각이 전혀 없었어. 대학 때 전공도 정치학이었고, 직장생활도 마케팅으로만 하고, 글을 쓰게 된 것도 어쩔 수 없는 차선의 선택이었고…… 책은 어렸을 때부터 좋아하고 많이 읽었지만 문학소녀 타입은 아니었으니 '예술'이라는 단어를 어색해할 수밖에. 하지만 네가 그날 일침을 준 이후로는, 내가 하는 일이 창의성을 필요로 한다는 사실을 자연스럽게 받아들이게 되었고, 그로 인해 내 안에 어떤 부분이 변해가기 시작했어. 그 변화는 몹시 좋은 거라고 생각하고 나는 그에 대해 너에게 무척 고맙게 생각해.

그거 아니? 처음 요조와 같이 '교환일기'를 쓴다고 주변에 알렸을 때 '의외'라는 반응이 꽤 있었어. 둘이 겉으로는 전혀 친할 것처럼 보이지 않는다는 거야. 어떤 맥락인지는 알 것도 같아. 하지만 처음엔 의아해하던 분이 나중에는 둘이 꽤 닮았다고 짚어주더라고. 좋아하는 일을 독립적으로 한다는 면에서, 그리고 별로 눈치를 안 본다는 점에서. 나는 그것을 '자유'라는 단어로 이해하고 있어. 앞으로도 시류에 부합하지 않는다고 해도, '핵인싸'

가 아니라고 해도, '한물갔다'고 손가락질받는다 해도,
좋아하는 일을 독립적으로 하며, 남의 눈치 보지 말고 너
끈히 자유롭게 살아가자.

그럼 오늘은 이만.

경선 씀

저는 '모든 게 피곤하고 지친다'
라고 말하기를 좋아하고,
언니가 끔찍해하는 '어차피' 라는 말도,
'다 똑같다' 라는 말도
정말 자주 쓰는 체념이 짙은 사람인데,
그때마다 언니가 그거 아니라고,
언제나 말로 행동으로 저항했던 것 같아요.
그걸 보면서

제가 체념이라는 늪에 빠지지 않으면서
꾸역꾸역 제법 씩씩한 사람으로
살아가는 게 아닌가 하는 생각을 했어요,

앞으로도 시류에 부합하지 않는다고 해도,
'핵인싸' 가 아니라고 해도,
'한물갔다' 고 손가락질받는다 해도,
좋아하는 일을 독립적으로 하며,
남의 눈치 보지 말고
너끈히 자유롭게 살아가자.

요
조

난
이런
사람들이
싫어요

지난번 언니의 방송을 들어보니 다른 때보다 유난히 지친 기색이 역력한 목소리였는데, 그냥 제 기분 탓일까요.

개인적으로 무슨 일인지는 알 수 없지만 기본적으로 '개인의 자유'를 언니가 얼마나 중요하게 생각하고 있는지 너무나 잘 알고 있기 때문에, 나와 의견이 다르다고 해서 '무조건 내가 맞아. 그러니까 입을 다물거나 내가 시키는 대로 말해'의 태도를 보이는 상대를 한 주에 두 번이나 겪었다니 내상이 깊었겠어요. 지금은 좀 괜찮아졌기를 바라요.

보통 우리가 이런 이야기 하잖아요. 이 사람이 괜찮은 사람인지 판단해볼 수 있는 지표 중에 하나가 식당 같은 데 가서 종업원들한테 어떻게 구는지를 보면 된다고. 근데 저는 사실 그 말에 좀 회의적이에요. 종업원들한테 엄청 예의바른데 쓰레기 같은 사람을 심심치 않게 겪어봤거든요. 저부터도 그래요. 저는 제가 제법 예의바른 사람이라고 생각하지만, 착하진 않거든요.

오히려 저는 그보다 나와 의견이 다른 사람을 어떻게 대하는지가 훨씬 설득력 있는 지표가 아닐까 싶어요. 나와 의견이 다른 사람을 상대하는 일은 정말 힘든 일이에요. 특히 페미니즘 관련해서는 저랑 비슷한 경험 하신 분이 많을 것 같아요. 아니 우리가 엄연히 같은 한국어를 쓰고 있는데, 이렇게 말이 안 통할 수가 있나? 하는 경험 말이에요. 정말 돌아버리잖아요?

저는 지극히 경계하는 두 타입의 부류가 있어요.

하나는 극단적인 사람들이에요. 언니가 말한 '다름'을 인정하지 않는 사람들 가운데 상당수가 이렇게 극단적인 사람들 같다는 생각을 해요. 아무리 옳은 대의를 가지고 있다고 해도, 아무리 정의로운 이론을 믿는 것이라 해도 그것이 극단적이 될 때는 아주 위험해지는 것 같아요. 왜냐하면 그 극단적 태도가 세상을 아주 단순하게 선과 악으로만 보게 하잖아요. 그러니까 내가 맞고 나랑 의견이 다르면 너넨 다 적이야, 악이야, 이렇게 몰아가기 쉽고요.

그런데 지금 잠깐 트위터를 켜보니까 언니가 이런 얘기를 트윗했네요.

분노+불만(혹은 불안)+용기 없음=비아냥/조롱

이런 걸 두고 텔레파시라고 하나요?

정치적 입장, 종교, 페미니즘, 독서, 채식…… 다 중요하고 소중한 우리의 신념이지만, 그러나 아무리 그 신념이 옳다고 해도 완전히 극단으로 밀고 가버리면, 내 신념과 같지 않은 사람들을 공격하고 파괴하고 싶어서 견딜수가 없게 되는 것 같아요.

저는 늘 깨어 있어야 한다는 말을 참 좋아해요. 그리고 그 말이 정말 어려운 말이라는 것도 알아가는 와중이에요. 늘 깨어서 세상을 바로 보고 옳은 편에 서야 하지만, 옳은 편에 서 있으면서도 깨어 있어야 해요. 옳은 편에 섰다고 안심하면서 내가 뭘 잘못 보고 있는 것은 아닌지, 옳은 편이라는 명분에 취해서 옳지 않은 편에 선 사람들보다 더 깜깜한 혐오 속에 빠져 있는 것은 아닌지, 계속 나 자신을 의심하고 들여다보지 않으면 안 된다고 생각해요.

두번째 부류는 대외적으로 빈정대고 조롱하기를 좋아하는 사람들이에요. 나와 생각이 다르고, 내가 봤을 때 저 사람이 틀린 것 같은데, 딱히 버럭할 용기까지는 없는 경우에 빈정대고 조롱하게 될 때가 많은 것 같아요. 이것도 극단적인 사람들의 경우처럼 아무리 나와 같은 의견과 성향을 가진 사람이라고 해도 비웃고 조롱하기를 좋아하는 사람이라면 저는 피하고 싶어요. 왜냐하면 기본

적으로 조롱은 매우 비겁하고 치사한 태도라고 생각하
는데다가, 문제 해결에 별로 도움이 되지도 않는 것 같기
때문이에요.

그 외의 문제들에는 저는 좀 너그러운 편이에요. 예를 들
어 남의 험담을 하는 사람을 다들 조심하라고 하지만, 저
는 어떤 사람하고의 우정과 사랑을 확인하는 데 남 뒷담
화만큼 좋은 건 없다고 봐요.

　아니 세상에 나랑 맞지 않는 사람들이 얼마나 많은데
그 화를 참고 있나요. 친한 사람들하고 투덜투덜하면서
풀어야죠. 저는 친한 사람들하고 너무 악질적이지 않은
선에서 남 욕도 하고 그러는 거 좋다고 봐요. 다른 사람
들이 그런 식으로 제 욕을 하고 있다고 생각해도 별로 화
도 안 나고요.

　그리고 아부하고 가식적으로 구는 사람도 예전에는
좀 피곤하고 싫었는데, 지금은 그렇지 않아요. 그것도
하나의 노력으로 보이고, 어쨌든 애쓰는 거잖아요. 마음
에 없는 소리라는 게 너무 티가 나더라도 아부하고 가식
적으로 구는 그 사람의 노력이라는 걸 가상하게 보게 되
고, 그래서 칭찬해주어 고맙다고 진심으로 말하곤 해요.

제가 어느 쪽으로든 극단적인 태도, 그리고 조롱하고 비아냥거리는 태도, 이 두 가지를 경계한다고 말씀드렸는데, 그건 타인의 경우뿐만 아니라 저 스스로에게도 해당되는 이야기예요. 저 역시 제가 믿는 신념들에 취해서 극단적인 사람이 될 때가 정말 많고요. 저와 생각이 다른 타인을 보면 본능적으로 조롱하고 싶다는 욕망을 강하게 느끼거든요. 순간적이지만 모욕과 수치심을 안겨주고 싶어서 견딜 수가 없어요.

어떤 때는 이성을 잃을 때도 있어요. 그래서 한참 신나게 조롱하고 비웃고 독설을 퍼붓고 나중에 정신을 차리고 나면 정말 제가 혐오스러워서 미치겠는 거 있죠.

사람에게 치여 고단한 한 주를 언니가 보내고 있었다면 저는 일에 치여서 고단한 한 주를 보냈는데, 그런 와중에서도 각자 묵묵하게 끈질기게 하루하루 살아나가고 있다는 게 우리 둘 다 늠름하게 여겨지네요.

얼른 조만간 만나서 맛있는 거 먹어가면서 욕. 합. 시. 다.

신요조 씀

경
선

우리가
일을
같이 할 때

요조에게

　지난주 너의 일기, 통쾌한 기분으로 읽었어. 우리는 가만 보면 '좋아하는 것'보다 '싫어하는 것'에 대해 이야기할 때 더 논리정연하고…… 뭔가 더 신나하는 것 같아. 그럼 오늘은 내가 싫어하는 사람에 대해서 잠깐 말해볼까?

나는 '비겁한' 사람이 싫어. 오늘 아침에 출근 준비하는 남편에게 "여보, 나는 어떤 사람을 싫어하는 것 같아?"라고 물어보니까 딱 알아맞히더라고. 그만큼 내가 티를 많이 냈나봐. "다른 거는?" 물어보니 그것 말고는 없대. 음, 그런 것 같기도 해. 그 외의 다른 비호감 요소들에 대해서는 크게 개의치 않는 편이야. 왜냐하면 대개 그것들은 본인들 문제니까. 그런 걸 보며 비난할 시간에 차라리 '나나 잘하자' 싶거든? 하지만 '비겁함'은 타인에게 해악을 끼치기 때문에 문제가 되는 것 같아.

　비겁함이 뭘까 곰곰이 생각해보았어. 나는 비겁한 사람이란 우선 자기 자신과의 문제가 아직 해결이 되지 않은 사람 같아. 스스로에 대한 불만이 있어도 그것을 해소하거나 해결하려는 의지가 부족하고, 과거의 상처가 있어도 그것과 더불어 사는 방법을 터득하거나 아물게 하려고 애쓰는 대신, 남을 탓하기 위한 명분으로 이용만 하는 느낌이야. 일단 자기 자신을 있는 그대로 받아들이지 못하고 있으니 스스로에게 '정직'하지도 못해. 자기 자신한테 정직하지 못하니까 타인과의 관계에서도 뒤틀리고 꼬인 모습을 보여. 평소엔 잘 드러나지 않다가 결정적인 순간, 가령 자기나 주위 사람이 어려운 일을 겪게 될 때, 리트머스지 테스트처럼 그 사람의 본질이 나타나는 것 같아.

'비겁하다는 것'을 다르게 표현하면 나는 '공정 fair 하지 못한 것'이라고 하겠어. 페어플레이 정신이 없는 거지. 근본적으로 모든 인간은 이기적이야. 하지만 그렇기 때문에 인간사회에선 공정한 게임의 규칙을 만들어두고 다르더라도 공존해나가는 거지. 약육강식 동물의 세계와 차별짓는 최소한의 '인간다움'이라고 봐. 페미니즘도 단순히 말하면 '공정하지 못한 것들에 대한 필연적인 저항'이지 않을까. 우리는 무엇이 '옳고 그른가'를 많이들 얘기하지만 '옳고 그름'은 조금 막연하고 어쩐지 윤리의 영역인 것 같아서, 나는 그보다는 가급적 '이것이 공정한가, 공정하지 못한가'의 틀 안에서 여러 사안들을 판단하려고 해.

그건 그렇고 나는 요새 신작 에세이의 마무리작업을 하면서 새삼 '일하는 방식에서의 공정함'에 대해 많은 생각을 하곤 해. 특히 '같이 일하는 사람들', 다시 말해 업무 파트너들과의 관계에 대해서 말야.

너도 알다시피 글은 작가가 쓰는 거지만, 그 글이 한 권의 책이 되기까지 여러 분야의 출판 전문가들과 함께 일해야 해. 특히 책제목과 표지디자인은 전략적으로 더없이 중요한 문제니까 작가, 편집자, 마케터, 디자이너 등 여러 업무파트너들이 함께 머리를 맞대고 협의해서 최종결정을 내려. 당연히 생각 차이, 의견 차이가 나와. 달라도 괜찮아. 다만 이런 원칙들이 지켜진다면.

모두가 같은 목표를 지닐 것. 각자의 생각이나 입장이 조금씩 다를 수는 있어도 근본적인 지향점은 똑같이 딱 하나여야만 해. 이 경우는 바로 '책을 잘 만들고 그 책이 독자들에게 많이 사랑받게 하는 것'이겠지. 쉽게 말해 '책이 잘되는 것'이 모두의 우선순위가 되어야지, 누군가가 혹은 특정 부서가 존재감을 유난히 드러내려고 하거나 돋보이려고 하는 등, 그 외의 다른 사적 야망이 앞서면 곤란해. 협업하는 관계에서는 다 필요 없고, 우선 같이 하는 그 일이 성공적으로 잘되어야만 해.

자유롭게 말할 수 있을 것. 일이 잘되게끔 그와 관련된 모든 사람들이 자신이 생각하는 바를 자유롭게 말할 수 있는 분위기여야 해. 다수결로 결정하는 것이 반드시 합리적인 것도 아니고. 적어도 자신의 분명한 의견이 있을 경우에는 각자가 성의를 가지고 꼼꼼히 설명하고 설득해서 가급적 모두가 기분좋게 설득당할 수 있어야 해. 그래야 또 기분좋게 납득하고 의욕을 가지고 일을 추진해나갈 수가 있지. 함께 협의해나가면서 '기분좋게 설득당한다'라는 요소는 무척 중요한 부분이야. 왜냐하면 내가 놓치고 있던 부분을 깨우치거나, 혹은 미처 몰랐던 새로운 것을 배우면서 내 지평이 커지는 거니까. 거기에는 일을 잘하고 즐기는 사람들만이 알고 있는 어떤 지적인 쾌감 같은 것이 있지.

공동의 목표를 가지고 공정한 방식으로 소통할 수 있다면, 우리는 함께 일하면서 여러 가지 것들을 신뢰하게 될 거야.

서로를 인격적으로 존중하고, 서로에게 배울 점이 있을 거라는 신뢰.

각자가 저마다의 자리에서 최선을 다해줄 거라는 신뢰.

다른 의견이나 합리적 비판을 감정적으로 받아들이지 않을
거라는 신뢰.

물론 자신의 부족한 부분을 지적받으면 괴로울 수는 있
어. 하지만 그에 너무 상처받아서 자학하거나 공격하거
나 징징대면 그건 프로의 자세가 아닌 것 같아. 적어도
상대가 일리 있는 말을 하고 정확하게 문제를 짚어냈다
면, 그것을 수용하고 문제를 바로잡고, 어서 털고 일어
나 다시 또 걸어나가야지. 남 탓하지 않고 불평하지 않고
오로지 일이 잘되게끔 하는 일에만 집중하는 거지. 언제
기회가 닿으면 일본드라마 〈중쇄를 찍자!〉를 한번 봐봐.
등장인물들이 일하는 방식이 더없이 정직하고 진지하고
공정하단다. '일의 재미와 의미'를 아는 사람들에 대한
이야기야. 정말로 일이 재미있으면, 노는 것보다 백배쯤
더 재미있다고 난 확신해!
   앗, 방금 이메일로 담당편집자가 책표지 1차 시안을
보내왔어. 오늘은 그럼 이만 여기까지 쓸게. 곧 만나—

                                        경선 씀

요
조

언프리
프리랜서

unfree

freelancer

하품을 연신 해대고 있어요. 해는 중천에 뜬 지 오래, 에어컨이 강력하게 가동되고 있는 카페 안에서 아이스 아메리카노 한 잔을 다 마셔가고 있지만, 아직도 잠이 덜 깬 것 같아요. 이렇게 머릿속이 눅눅해진 지 꽤 되었어요. 내가 읽고 쓰는 모든 게 비몽사몽간에 이루어지는 것 같아서 하루에도 몇 번이나 '큰일이네'라고 생각하면서 지내고 있는데, 그런 와중에도 언니랑 수다떠는 일에는 왜 아주 조금도 지치지 않는 건지 정말 웃겨 죽겠다……

제 상태가 이렇게 된 것은 일이 너무 많기 때문이에요.

언니가 저에게 하는 단골멘트 가운데 하나이기도 하죠. 넌 너무 하는 일이 많아.

일을 줄여야 해요. 처방은 허무할 만큼 간단합니다. 그러나 이게 얼마나 실천하기 어려운 일인지 시도해본 사람들은 다 알 거예요. 일을 줄이는 것은 정말이지, 너무 어려운 일이에요.

기본적으로 '프리랜서'라 불리는 직업을 가진 사람들은 불확실한 앞날에 대한 불안심리가 유난히 클 수밖에 없는가봐요. 회사라는 단체 안에서 소속감을 느낄 수도, 월급이라는 매달 보장된 수입 속에서 안전함을 느낄 수도 없기 때문에 내일이라도 일감이 뚝 끊길 수 있다는 최악의 상황을 수시로 의식하며 살게 되는 것 같아요. 그러다보니 현재 충분히 일할 거리가 있음에도 점점 안심이라는 것을 모르는 사람이 되어가는 거죠.

그런데 이 불안심리 말고도 문제가 또 있어요. 사실 저는 유능해지고 싶다는 유혹을 뿌리치는 게 몇 배는 더 힘들어요. 저에게 어떤 일을 맡기고 싶다는 메일을 읽을 때마다 얼마나 짜릿한지, 얼마나 행복한지! 내가 벌게 될 돈은 그다음이에요. 일단 나를 어디선가 필요로 하고 있다는 것을 확인하며 느끼는 쾌감이야말로 그 무엇보다 저에게 살아 있는 일의 재미를 느끼게 해줘요. 그리고 그 일을 잘해냈을 때, 예컨대 제가 쓴 인터뷰 기사나 참여한 노래에 대한 칭찬이 들려올 때의 황홀이란⋯⋯⋯⋯⋯⋯⋯⋯⋯⋯⋯⋯⋯⋯⋯⋯⋯⋯⋯⋯⋯⋯⋯⋯⋯⋯⋯⋯⋯⋯⋯⋯⋯⋯⋯⋯

(←말줄임표 과잉으로 정도를 표현해봄.)

사람들이 나를 찾는다는 데서 오는 잠깐의 우쭐함, 그러나 내일은 나를 조금도 찾지 않을 수 있다는 불안감, '물 들어올 때 노 저어야 한다'는 어떤 속담. 이 세 요소의 콤비네이션 속에서 허우적거리다보면 어느새 제가 이렇게 되어 있어요. 하루종일 하품을 하면서, 돌아가지 않는 머리로 좀비처럼 뭘 하고 있는지도 모르는 채 뭔가를 하다가, 집에 돌아가서 밀린 빨래, 밀린 설거지, 미루고 미루다 결국 무용지물이 되어버린 전시회 초대권, 먼지와 머리카락 같은 것들과 마주하면서요. 최악은 뭔 줄 아세요? 제가 고집을 부리며 하겠다고 기어이 붙잡은 여러 일들이 전반적으로 하향평준화되고 있는 듯한 기분에 빠진다는 거예요. 내 밑천이 드러나고 있다는 그 끔찍한 공포로부터 벗어나기 위해 "내가 지금 여기서 일을 더 받으면 인간이 아니다"라고 외친 게 대체 몇 번이나 되는지 기억도 안 나요.

프리랜서의 삶을 만족스럽게 여길 때도 있어요, 물론.

날씨가 비정상적으로 궂을 때, 몸이나 마음이 극심하게 아플 때, 평일 낮에 한산한 거리를 걸어 극장에 가거나 전시를 보러 갈 때, 내가 회사에 다니는 사람이 아니라서 다행이라고 생각해요. 프리랜서가 가진 막강한 자유에서 단맛이 날 때의 이야기예요.

하지만 내 앞길을 스스로 개척해나가지 않으면 안 되는 이 강요된 자주적 상황에 환멸이 느껴질 때면, 하루종일 불안에 떨다가 그 일에 지쳐서 졸음이 오는 서글프고 깊은 밤이면, 상상해보곤 해요. 어떤 회사에 다니고 있는 저를요. 누군가 나에게 해야 할 일을 정해주는 삶을. 상사가 하라는 일만 열심히 하고, 중간중간 적당히 농땡이도 부리고, 매달 배신하는 일 없는 월급을 기다리면서 사는 인생을요. 회사생활을 한 번도 해본 적 없는 사람의 단순하고 순진한 상상이에요. 회사에 다녀본 적이 없으니 제가 회사생활에 잘 맞는 사람일지도 실은 잘 모르겠네요. 저 나름대로는 단체생활에 순조롭게 적응하지 않을까 예상하지만, 제 주변 사람들은 제가 직장생활하는 리얼리티 프로그램을 만들면 대박날 거라고 하더군요. 그 정도로 내가 조직생활에 적응 못할 것 같은 사회성 결핍 인물인가! 언니가 볼 때는 어떤가요? 그러고 보니 언니야말로 그 누구보다 양쪽의 장단점을 정확하게 파악하고 있는 사람이네요. 오랫동안 직장생활을 했고, 지금은 프리랜서이고. 직장에 다닐 때나 프리랜서일 때나 유능했(하)고.

그나저나 일이 많아서 너무 힘들다, 라는 말을 이렇게 허심탄회하고 길게 해보는 것은 거의 처음인 것 같아요. 그동안은 이 정도로 속마음을 충분히 말해본 적이 없었어요. 두 마디의 말 앞에서 말문이 막히곤 했거든요. 그 두

마디는 이거예요.

"바쁜 게 좋은 거지."
"그래도 넌 네가 하고 싶은 일 하잖아."

어제는 오랫동안 만나지 못한 친구에게 보고 싶다고 문자가 왔어요. 나도 보고 싶다고 답장했죠. 그랬더니 그럼 언제 볼까요, 하면서 구체적 날짜를 물어오더라고요. 저는 조금 당황하면서 스케줄러를 확인했어요. 그런데 해야 할 일이 너무 많고 그 일을 내가 얼마 만에 끝낼 수 있을지 알 수가 없으니, 도무지 언제 만나자고 말해야 할지 모르겠는 거 있죠. 명색이 24시간을 자유롭게 운용할 수 있다는 프리랜서인데 말이에요. 나는 그 친구에게 그냥 이렇게 답장하고 말았어요. 왜 갑자기 감옥에 갇힌 기분이 드는지 모르겠다.

공허한 외침이 될 가능성이 높지만 또 한번 다짐해보렵니다.

더이상 일을 늘리면 나는 인간이 아니다!

신요조 씀

경
선

즐겁게
워커홀릭

요조에게

맞다. 내가 노상 혀를 내두르며 어이없어하지. 너 왜 이렇게 하는 일이 많냐고. 예전에는 내가 쉼 없이 일하는 걸 보고 네가 예술하는 사람은 그러면 안 된다, 느슨하게 살아야 한다고 일침을 주었는데, 어째 요새는 반대다? 그런데 지금 일을 가장 많이 하고 있는 것은 무척 자연스러운 일이야. 30대 중후반이 일을 가장 많이 해내는 나이 같거든? 일 능력과 체력이 가장 우수한 상태에서 교차하는 지점이 그 나이대가 아닐까 해. 게다가 프리랜서라면 최소 5년에서 7년 정도는 닥치는 대로 일을 받고 해봐야 향후 일을 선별하는 안목이 제대로 생기지 않을까? 그러니 건강을 해치지 않는 선에서 신나게 일하면 좋을 듯.

한편 나는 네가 그냥 거절을 잘 못하는 성격이라 그렇게 일이 많은가보다 생각했지, 그렇게 다른 속뜻이 있었는지는 몰랐네? 유능해지고 싶다는 유혹이라. 돈은 그다음 문제이고, 일단 누군가가 나를 필요로 하고 있다는 사실이 주는 쾌감이 있구나. 누군가가 나를 필요로 하고, 맡겨진 일을 잘해내서 칭찬받으면 물론 기분은 좋지. 너

에 비하면 나는 일을 바라보는 관점이 상당히 건조하고
덜 자아실현적인 것 같네.

우선 내게 돈은 그다음 문제가 아니고 바로 그 문제 자체
야. 돈 안 받고 일한 적이 지난 14년간의 프리랜서 생활
에서 두 번 있었네. 아무튼 나는 늘 페이 문제를 중요하
다고 생각해왔어(★★★페이 협상법은 141쪽에). 페이는 그
냥 '상대가 생각하는 나의 가치다'라고 못박고 시작해야
프리랜서로서 돈을 냉철하게 바라보고 자신의 가치를
지킬 수 있는 것 같아. 가령 강연 등의 행사 청탁이 들어
올 경우, 일 얘기는 하는데 돈 얘기를 안 하면 바로 "그런
데 이 일은 비용이 발생하나요?(번역: 돈 안 줘요?)"라고
확인부터 해. 공교롭게도 돈 얘기를 먼저 안 하거나 맨
나중에 하는 회사일수록 페이가 적을 확률이 크지. 처음
에 일 부탁할 때는 의기양양 목소리도 컸는데, 정작 페이
얘기 나오면 갑자기 어디선가 나약하고 애절한 목소리
가 튀어나와.

　"저희 회사가 가난해서⋯⋯"

　"책정된 예산이 적다보니⋯⋯"

　"우린 규모가 작아서⋯⋯"

아, 그래요? 그럼 아예 하덜 마세요, 라고는 물론 입 밖으로 말하지 않지만 아무튼 나는 저 말들을 곧이곧대로 믿지 않지. 정말 가난한 곳은 외주비 발생할 만한 일 자체를 아예 만들지 않아. 그리고 우리가 상대 회사의 재정상태를 어떻게 알겠니. 그들 스스로 보았을 때도 합당한 수준의 페이가 아닌데 그걸로 어떻게든 뭉개보려는 건 그 어떤 이유를 들어서도 공정하지 않아. 그들도 그 페이에 문제가 있다고 생각한다? 그럼 바꿔야지.

그뿐인가? 영리목적이 아닌 행사임을 강조하거나 자기들이 비영리단체임을 강조하면서, 너 역시도 돈 욕심 내지 말고 군말 없이 이 가치 있는 프로젝트에 동참해야 한다고 설파하는 분들도 계셔. 마치 우리가 너에게 일을 맡기는 것 그 자체에 자부심을 가지라는 듯이. 물론 내가 돈을 받든 안 받든 진심으로 그 일에 동참하고 싶으면 그렇게 하면 되는 건데, 그게 아니라면 이런 식으로 '죄책감' 안겨가면서 일을 날로 시켜먹으려는 처사는 너무 못 됐잖아. 야박한 쪽은 내가 아니라고.

나는 타인의 인정으로 인해 내가 유능하다는 느낌을 크게 받지는 않는 것 같아. 아니 그 이전에 '유능'이라는 단어 자체에 대한 감각이 없는 편. 마치 '자존감'처럼 별로 의식해보지 못한 개념. 누가 뭐라 하든 내가 잘하고 못하고는 그 누구보다도 나 자신이 얄짤없이 알고 있는 것 같아. 그것도 그렇고 이제 내 나이에 유능과 무능을 논하는 것 자체가 마치 30대가 성장통을 앓는다고 하는 것처럼 민망해. 40대쯤 되면 내가 잘나고 못나고를 떠나 어느 정도의 '유용함'—주변에 민폐보다는 도움이 되는 인간이어야겠지.

너는 사람들이 내일 당장 나를 찾지 않을 수 있다는 불안감이 일을 끊임없이 받게 만드는 이유 중 하나라고 했는데, 나는 프리랜서 10년 차 시점부터 그런 불안이나 초조함이 없어진 것 같아. 결혼해서 배우자에게 경제적으로 기댈 수 있어서 그런 건 아니고, 몇 가지 사건이 있었지. 하나는 에세이 『태도에 관하여』가 10만 부를 넘긴 일. 예전에 일본의 소설가 겸 영화감독 무라카미 류가 자기보다 뒤늦게 데뷔한 무라카미 하루키에게 이렇게 훈시한 적이 있어.

"작가로 사는 이상, 한 번쯤은 베스트셀러(밀리언셀러)를 내볼 필요가 있죠."

무라카미 류는 데뷔작이 홈런을 쳤고, 무라카미 하루키는 초기엔 마니아층이 주로 좋아하는 작가였던 거야. 지금에 와서 보면 하루키에 대한 류의 훈계는 어이가 없지만 그래도 당시 류의 말이 틀리진 않다고 생각해. 저술업을 하면서 한 번이라도 독자규모를 확 키워놓으면 그게 미묘하게 나를 바꾸고, 나를 둘러싼 주변환경도 바꾸게 돼. 그리고 묘한 안도감이 마음속에 자리잡아. 물론 판매실적이 다가 아니지. 하지만 구체적으로 눈에 보이는 성과를 한번 내본다는 것은 페이스 조절에 긍정적인 영향을 미치는 것 같아. 불만이 끊임없이 소리 없이 쌓이거나 조급해하지 않게 되는 거지.

또하나는 프리랜서를 시작한 2005년부터 매해 꾸준히 연 수입이 늘어났고 3년 전쯤부터 내가 충분히 만족할 만한 안정적인 연 수입에 도달한 것이 심리적 안정감을 주었어. 연예인들이나 혹자 대기업 간부의 수입에 비하면 아무것도 아닐지도 모르지만—애초에 비교가 의미 없기도 하고—나는 순수히 글쓰고 말하는 일, 그것도 내가 좋아하는 일만으로 그만큼 수입을 일구어낸 것에 대해 나 자신이 기특하다고 느껴.

앞으로 수입이 줄어든다고 해도 내가 절대적으로 최

선을 다해 일한 시간들은 지워낼 수 없으니까, 나 스스로에게 떳떳한 기분도 들고.

마지막으로 어느 순간 고개를 들어보니, 내가 이래저래 책을 참 많이 냈더라고. 그저 앞만 바라보며 부지런히 1년에 평균 2권씩은 책을 내다보니 출간한 책 가짓수가 많아서 내 책들이 내 책들을 홍보하는 최고의 매체가 되어주고, 또 한 권 한 권은 판매량이 적더라도 가짓수가 많으니 이들의 종이책 인세와 전자책 인세 등을 합치면 요긴한 때에 생각지도 못한 입금이 되니 '허투루 버려지는 건 없구나' 싶어져.

직장에 다니는 것과 프리랜서로 일하는 것, 둘 다 경험한 입장에선 어느 게 낫냐고? 나도 내 경험에서밖에 말을 못하는데, 아무래도 직장생활은 여러 가지 경험을 하고 일을 배울 수 있는 사회 초년생 시절부터 적게는 7년, 많게는 10년 정도는 다양한 업무와 스트레스를 경험해봄직 해(나는 12년 했어). 하지만 직급이 올라갈수록 일에서 조직관리와 사내 정치의 비중이 많아지기 때문에 그런 것들이 체질적으로 맞지 않는 '독고다이' 기질, 예민하거나 완벽주의자 기질을 가진 사람들은 업무 경험을 살려 차라리 혼자서 스스로를 책임지는 프리랜서를 해보는 것도 좋을 것 같아. 자기 실력이 액면가 그대로 드러나니까. 개인적으로는 남의 회사에 다니지 않고도 자기 밥벌이를 할 수 있는 대안이 많으면 많을수록 좋은 사회라고 생각해. 수명이 점점 길어질 앞으로의 시대는 그 누구나가 언젠가 한 번쯤은 프리랜서의 계절을 반드시 겪게 될 테고 말이야. 하나의 직업만이 아닌 두세 개의 직업을 거치게 될 확률도 높겠지.

그런 의미에서 다재다능하고 콘텐츠의 확장성이 많은 요조가 미래에 일이 없을까봐 불안해한다는 게 나는 조금 이해가 가지 않아. 물론 프리랜서를 하다보면 리스크도 생기고 다른 여러 가지 것들을 희생하지 않으면 안 되는 일들이 생기겠지. 그래도 중요한 건 도중에 놓아버리지 않고 계속해나가는 것이 아닐까. 자신이 좋아하는 일로 프리랜싱을 하더라도, 처음엔 아무리 좋아 보이는 일일지라도 결국 그 세월을 이겨낼 수 있는가, 관심을 꾸준히 갖고 그 안에서 내가 확장할 수 있을 것인가가 중요한 것 같아.

요조, 네가 조직생활에 적응 못할 것 같은 사회성 결핍 인물이냐고? 응. 넌 싫은 사람 앞에선 얼굴이 싸하게 무표정해지잖아. 너 회사에서 그랬다간 바로…… 후후.

아무튼 어차피 하지도 않을 것 상상해볼 시간에 원고나 쓰렴. 난 네 걱정 하나도 안 돼. 내 걱정도 안 하고.

그나저나 일 관련 약속은 냉큼 잡으면서 '우리 조만간 봐요'에는 무언가 당황하고 망설이는 그 심정, 완전 이해한다. 원래 일 좋아하는 사람들이 단순 사교 목적으로는 밖에 잘 안 나가지. 대관절 다들 어떤 핑계들을 대고 만남을 회피할까? 음…… 출판사 편집자라면 무조건 마감 핑계 대면 되겠다. 다음에 또 연락 오면 또다른 마감중. 상시 마감중인 것으로. 기혼 유자녀 여성의 단골 레퍼토리는 '애가 좀 아프다' 혹은 '시댁 가야 한다'가 있겠구나. 나는 그냥 '요새 좀 마음의 여유가 없다'고 해. 그것이 진실이기도 하고. 요조 너라면…… 아, 제주도에 있다고 뻥치면 되겠구나!

경선 씀

임경선의 페이 협상법

★ 요주의 : 모든 이에게 적용되지는 않을 듯.

1. 일을 의뢰하는 측에서 액수를 알려주면, 그 액수가 얼마이든 일단 해맑게 페이 액수가 적다고 피드백을 보낼 것. 주는 대로 받아야 한다는 법은 없음. 한번 더 액수를 올리는 시도를 해서 손해 볼 것 하나도 없음. 우리가 그걸 못 하는 이유는 주로 내가 구차한 사람으로 보일까봐, 나 자신이 그 일을 잘해낼 자신감이 없어서, 네고하려다가 그럼 관두라고 하는 것 아닌가 등인데 페이 네고했다고 해서 잘릴 정도면 애초에 해당 일에 관해서는 나는 그 정도의 대체 가능한 인물이었다는 뜻.

2. 일을 청탁한 상대가 페이를 직접 결정할 수 있는 부서장 이상의 직급이라면 협상에 유리함. 직급이 낮을수록 소위 '관행'에서 벗어난 금액을 통과시키려면 윗선에 결재 올려야 해서 번거롭거든. 어느 정도 돈에 대한 결정권이 있는 것처럼 보이면 '아님 말고'의 정신으로 과감하게 협상 고고.

3. 탁구처럼 페이 액수가 오고갈 때는 굴하지 말고 마지

막 10만 원까지도 올려 받자. 그러기엔 쪼잔해 보이지? 폼도 안 나고. 걱정 안 해도 돼. 왜냐하면 협상이 끝난 후엔 담당자는 잊어버려.

그 밖에 경계(조심)해야 할 것들

1. 돈 외의 다른 대가로 (나의 노동을) 퉁치기

가령 "밥 한번 근사하게 살게요"라고 하면 나는 차라리 그 밥값 입금해줬으면 좋겠어. 밥이 맛있어봐야 얼마나 맛있을 것이며 그것도 불편한 사람과 같이 밥을 먹어주고 대화까지 나눠줘야 한다니, 그거야말로 돈을 받고 싶은 심정. 거기까지 오가는 시간과 차비도 아깝고 말야. 요조야, 나 너무 썩었니?

2. 연민으로 재능기부?

상대가 좀 안되어 보여서 '내가 도와줘야지' 같은 접근으로 일하지 말 것. 상대가 약자 같고 '소소한' 규모로 일한다고 해서, 아이고 참 애쓴다 싶어서 상대가 부탁하는 대로 그 일을 하면 '화장실 들어갈 때와 나올 때가 다르다'는 명언을 실감하게 됨. 일이 진척되면서 상대는 내게 돈 주고 일 시키는 사람 이상으로 요구하는 것이 많아지고, 심지어는 자기가 나를 도와준다거나 서로 윈윈관계라고 착각하면서 나를 막 대하는 느낌을 받게 될지도. 그렇다고 거기서 뭐라고 항의할 수도 없는 게 그러고 나면 '돈 안 줬다고 지랄하는구나'라며 오히려 내가 이상한 사람 되어버림. 아무튼 감성(?)으로 호소하면서 매달리는 사람과 같이 일하는 거 아님.

3. 나중에 기분이 나빠지는 타협

페이 중에는 '미묘한 액수'라는 게 있다. 내가 받고 싶은 액수에는 모자라지만 정 뭣하면 못 해줄 것도 없는, 그렇게 머릿속 생각을 복잡하게 만들어버리는 액수 말이다. 원래 같으면 바로 거절할 터인데도 페이 빼고는 다른 조건들은 다 그럭저럭 괜찮거나, '땅 파봐라 그 돈 나오나' 싶게끔 작금에 다른 일들이 안 들어와서 한껏 마음이 약해진 상태라거나, 하필 그날따라 내가 무척 기분이 좋거나 하면 덜컥 하겠다고 약속해버린다. 하지만 대개의 경우, 내가 받아야 마땅한 액수를 안 받고 그냥 하게 되면, 막상 그 일을 해야 할 날짜가 가까워지면 스멀스멀 기분이 나빠지면서 후회할 공산이 크다. 그 탓일지는 몰라도, 일 자체도 썩 깔끔하게 끝나지 않는 경우가 많다.

요
조

다정하고
감동적인
침범

언니의 일기를 다시 읽는데 '신작 에세이'라는 단어가 나
오는 순간부터 내용도 마무리도, 진짜 '개봉박두'의 느
낌이네요!

준비하는 과정을 어깨너머로 봐오고는 있었지만 그래
도 이렇게 바로 코앞이 되어버리니까 제가 다 긴장되고
뭔가 안달나는 기분도 들고. 저만 그런 게 아니라 아마
많은 분들이 같은 마음일 거예요.

언제나 그랬지만 언니의 이번 에세이를 저는 그 어느
때보다 기다리고 있어요.

그건 얼마 전 스치듯이 들은 이 말 때문이에요.

언니가 그랬거든요, "아마 이번 책 수진이 네가 진짜
좋아할 거야"라고요.

"이거 분명 당신이 좋아할 거야"라는 말은 은근히 이상
한 말이에요.

말하자면 상대방이 저의 근미래를 확신하는 거잖아
요. 뭐랄까 '감히'의 느낌으로요. 분명 그것은 주제넘는
일이죠. 어떻게 타인이 나보다 나를 더 잘 알고 내가 좋
아할지 말지를 미리 결정할 수 있나요. 그건 불가능한 일
이에요.

그런데 그게 오래된 애정과 신뢰의 관계에서는 놀랍게도 가능해져요.

나는 널 좋아해. 너에게 관심이 있고. 그래서 널 오래 봐왔어. 그러다보니 나는 널 알아. 어쩌면 너보다 더.

그런 말을 언니가 얼마 전 제게 해준 것이죠.

내 이번 책 분명 네가 좋아할 거라고.

헉, 왜죠? 그 책의 어떤 점을 제가 좋아할 수밖에 없는 거죠?!

라고 물어보고 싶은 것을 꾹 참았어요.

직접 책을 읽어보며 그 이유에 대해 점쳐보는 재미를 위해서 말이에요.

근데 저를 좋아하고 오래 지켜봐온 사람들의 장담이 항상 맞는 건 아니더라고요.

심지어 저를 가장 좋아하고 오래 지켜봐온 축에 속하는 사람들인데도 틀립니다.

일단 저희 엄마는요, 제가 제일 좋아하는 반찬이 장조림이라고 철석같이 믿고 있어요. 제가 집에서 독립하고 나서 얼마 안 되었을 때만 해도요. 굶고 다닐까봐 종종 반찬을 싸주기도 하셨거든요. 그때마다 장조림이 빠진 적이 없어요. 한번은 왜 매번 장조림을 빼먹은 적이 없냐고 여쭤봤더니 너무 당연하다는 듯이 "딸이 제일 좋아하는 반찬이 장조림이잖아"라고 하시는 거예요. 집에 놀러오라고 저를 유인할 때도 "딸 제일 좋아하는 장조림 해놨는데 언제 올 거야"라고 하세요.

저…… 장조림 그렇게까지 좋아하는 거 아니거든요. 난 엄마가 해준 반찬 중에 장조림이 제일 좋아! 뭐 이런 말을 한 적도 없어요. 했나? 다섯 살 때?

대체 엄마의 이 확신은 어디에서 온 걸까요?

또 한 명은 저랑 초등학교 때부터 친구였던, 가장 오래된 친구인데요. 어느 날 같이 밥을 먹는데, 이거 다 먹고 커피 마시러 가자면서 얼마 전에 자기가 먹어본 어떤 커피가 딱 제가 좋아할 맛이라고 그러더라고요. 그렇게 제가 마시게 된 게 뭐냐면 '오렌지 비앙코'라고 하는 커피였어요. 이게 라테인데요. 안에 오렌지가 들어 있어요. 인기가 꽤 많은 음료라고 하더라고요. 맛이 없는 건 아니었지만 그다지…… 제 스타일은 아니었거든요. 그런데 친구가 옆에서 막 의기양양해가지고 이러는 거예요. 야, 맛있지, 맛있지, 딱 네가 좋아하는 맛이지?

대체…… 얘가 알고 있는 제가 딱 좋아하는 맛이라는
게 뭐였던 걸까요?

이렇게 저를 오랫동안 지켜봐오고 좋아해주는 사람들이
던지는 이런저런 저에 대한 장담들은 때론 맞고 때론 틀
리기도 하지만요. 맞고 틀리고랑 관계없이 매번 저를 행
복하게 해주는 것은 분명해요.

더군다나 어느 정도 거리를 두는 것이 자연스러워진
요즘의 인간관계를 생각해보면 더 그래요. 타인으로부
터 상처를 입는 것도 싫고 타인에게 상처를 주고 싶지도
않은 조심스러움을 저는 좋아하는 편이지만, 그것이 가
끔 무미건조하게 여겨지는 것도 사실이잖아요.

특히 스스로 많이 나약하고 고독해졌다고 느껴질 때
'야, 너 바쁜 거 아는데 그래도 나랑 이번 주말에 카레를
먹으러 가야 해. 거기 카레 완전 네 스타일이야' 같은 연
락은, 쭈뼛쭈뼛 간만 보다 끝나는 것 같은 세상 속에서
참으로 다정하고 감동적인 침범이에요.

지난 일기에서 언니가 말한 〈중쇄를 찍자!〉라는 드라
마도 제가 좋아할 게 분명하다는 확신으로 추천하신 거

죠? 이제 다운로드 다 받아놓고, 보려는 참이에요. 저 이런 시리즈물 보는 거 〈프리즌 브레이크〉 시즌1 이후로 처음이에요. 엄청 설레네요! 그럼, 이만 줄여요.

신요조 씀

경
선

인생의
다음 단계로
나아간다는
것

내가 너무나 당연하다는 듯이 '장담'을 해도 네가 그것을 부담스러워하지 않고 오히려 좋아해줘서 참 고맙다. 나는 사실 사적인 인간관계에서는 '머리'를 전혀 쓰지 않아. 이게 선을 넘는 것인지, 영역을 침범하는 것인지, 상대를 서운하게 하는 일인지, 주제넘는 오지랖인지 미리 이리저리 고민을 안 해. 바꿔 말하면 만약 내가 무슨 말을 하기 전에 나도 모르게 한번 멈칫하고 이 말을 해도 될까 말까 신중해지기라도 한다면…… 그건 이미 불편한 관계이자 어느 정도 공적인 인간관계라고 해야겠지. 상대의 반응을 미리 걱정할 필요가 없는 가까운 인간관계라고 해서 사려 깊음이 없는 것은 아니야. 깊은 관심을 기울인다는 것은 상대와 함께 춤을 추는 것과 같아. 그냥 자연스럽게 노는 것 같지만, 실은 스텝이 엉키지 않도록 볼 거 다 봐가면서 움직이고 있는 거야.

요새는 몸과 마음을 '사리는' 시대잖아. 인간관계를 맺으면서 너무들 예민해지고 조심스러워하고 쉽게 상처를 받고, 너무 가까워지면 과한 기대를 한 만큼 실망도 클까 봐 지레 겁을 먹고, 내가 마음을 준 만큼 돌려받지 못하면 억울해하고…… 그러다보니 일종의 인간관계 처세술처럼 적절한 거리를 둬서 나를 지키겠다, 같은 강박이 생기는데 그게 또 역으로 보면 그만큼 개입하진 않겠다, 식의 발뺌처럼 느껴져서 서운하고 외롭기도 하지.

전화통화보다 문자메시지를 선호하고 직접 만나는 번거로움과 마가 뜨는 어색함보다는 간결하게 순간순간의 외로움을 해소해주는 온라인대화에 안주하게 되지. 그러다가도 불쑥 막막할 정도로 고독해지면, 나의 깊은 속마음을 누가 먼저 알아차려주길 바라는 욕구는 커져가지만, 나도 나중에 똑같이 그렇게 해줘야 하는 버거움에 지레 겁먹어 '나 좀 봐달라'며 먼저 손을 뻗을 용기는 없어. 그러다보니 막상 타인의 온기를 필요로 할 때 전화번호부에서 바로 연락할 수 있는 사람이 안 보이는 거야.

이쯤 되면 지금 이 시대엔 아무 생각 없이, 언제라도, 아무 말이나 건넬 수 있는 사람이 있다는 것이 얼마나 정겹고 기쁘고 소중한 일인지 몰라! 나의 말이나 행동에 대해 상대가 나를 어떻게 생각할까 전전긍긍 걱정하지 않아도 되고, 내가 뜻하지 않게 상대에게 상처를 주었다 해도 상대가 그것에 대해 바로 내게 투정할 수 있고, '나는 저 사람한테는 상처받아도 돼!'라고 생각할 수 있는 관계, 그런 관계에서 비롯되는 신뢰감은 무척 귀한 거야.

고독한 게 두려우면서도 두렵지 않은 척하며 서로를 더욱 고독하게 하고, 혼자 고독함을 참아내는 능력은 조금도 대견해하고 싶지 않아. 그리고 행여 두 사람 간의 관계가 나중에 멀어진다고 해도, 나는 항상 그 사람과 가장 좋았던 시절을 기준으로 그 사람을 떠올리고 기억할 거야. 그런 시절이 있었다는 것만으로도 감사한 일이니까.

'대외적으로' 가장 가까운 사이인 남편과의 관계에서도 마찬가지야. 서로에게 '언제라도, 아무 생각 없이, 아무 말이나 건넬 수 있는 사람'이 될 것. 특히나 같이 살고 있다면 참지 말고, 자신이 솔직하게 생각하고 느끼는 것을 상대에게 '제대로' 전달하지 않으면 안 된다고 생각해. 갈등을 겪는 게 힘겹고 두려우니까 그냥 적당히 맞추면서 넘기거나, 핵심을 피하거나, 익숙함으로 산다고 체념하거나, 남편에게 다 맞춰주는 '너그러운 엄마 역할'은 하고 싶지 않아. 내 마음을 전달하는 과정에서 격한 싸움이나 피눈물과 절망감이 동반된다고 해도, 이 사람에게만은 내 솔직한 마음을 전해야겠다고 늘 다짐해. 항상 성공하는 건 아니지만.

그건 그렇고, 나는 며칠 전 주말에 계속 미루던 일 한 가지를 마침내 해냈어. 딸 가진 엄마라면 언젠가는 반드시 해야만 하는 일. 초등학교 6학년생인 딸아이에게 작은 파우치를 준비해서 건네주었지. 그 안에는 만약을 대비해서 생리대와 갈아입을 속옷을 넣어두었어. 그러고는 나란히 앉아 생리대 사용법을 차근차근 가르쳐주었어. 친한 친구가 얼마 전에 먼저 생리를 시작해서인지 딸아이는 내가 걱정한 것과는 달리 너무나 담담하고 어른스럽게 배우고 받아들이길래 오히려 내가 괜히 쓸쓸할 정도였어. 이렇게 이 아이는 곧 인생의 다음 단계로 나아가겠지. 이 아이의 앞날이 눈부시게 빛났으면 좋겠어.

그런가 하면 나 또한 요즘 인생의 전환점을 맞이하는 기분이야. 너도 알다시피 나는 최근까지 한 명의 편집자와 7권의 소설과 에세이를 연이어 작업해왔잖아. 말이 쉬워 7권이지 이직률이 높은 출판업계에서 한 편집자와 7권을 계속 작업했다는 것은 결코 흔치 않은 일이야. 그렇게 오랜 기간 호흡을 맞춰온 편집자가 올해 초에 편집 일을 그만두고 말았지. 출근 마지막 주에 자신이 담당했던 저자들에게 작별인사 이메일을 쓴다고 했을 때, '나한테는 그런 형식적인 거 보내지 말라'고 나는 괜히 너스

레를 떨었어. 농담처럼 말했지만, 사실은 이별이라는 현실을 직면하고 싶지 않았던 것 같아. 그녀도 어쩐지 지나치게 감상적인 기분에 빠지는 것을 피할 수 있어서 안도하는 분위기였는데, 돌이켜보면 나는 가까우면 가까울수록 누군가의 부재를 이별 당시에 제대로 받아들이지 못하고 일부러 그 상실의 감정을 외면하거나 마취시킨다는 생각이 들었어. 감정적으로 무너지는 게 두려운가봐. 그러고 난 다음, 어느 정도 시간이 한참 지나고 나서야 비로소 그 사람의 부재를 떠올리게 돼. 나의 경우, 이별과 상실의 실감은 불현듯, 예기치 않은 순간에 불쑥 비집고 들어와. 깨달음은 항상 그렇게 한 템포 늦게 찾아오더라고.

이달 말에 나올 새 산문집의 마무리작업을 하느라 다른 출판사의 새 편집자와 여러 가지 안건으로 한창 바쁘게 일 얘기를 주고받고 있을 때였어. 갑자기 귀가 멍해지는 느낌이 들면서 문득 예전 편집자를 떠올렸어. '아, 이제 그녀가 없구나.' 정말 온몸의 감각이 동원되어 한 사람의 부재를 강하게 느꼈어. 이것은 지금의 새 편집자가 예전 편집자에 비해 일을 더 잘하거나 못하는, 그런 비교의 차원에서 생각난 것은 결코 아니야. 다만 오랜 세월에 거쳐 몸에 각인된 어떤 한 사람의 흔적을 새삼 발견한 것이지. 일을 오래 같이 한 만큼, 특정한 규칙이나 속도 같은 것들이 점점 몸에 익어 어느 순간부터는 공기처럼 '당연한' 것이었는데 지금은 그게 당연한 것이 아니라는 것을 받아들여야 하니까.

그래, 변화라는 것은 낯설고 불편하고 쉽지는 않지. 물론 변화로 인해 내가 신선한 자극을 받거나 새로운 발견을 할 수도 있으니 불평하고 있을 수만은 없겠지. 다만 이제서야 비로소 어떤 한 시기와 작별했다는 느낌에, 나도 내 딸아이처럼 인생의 다음 단계로 넘어가는구나 싶은 기분에, 여러모로 감정이 복잡했던 한 주였단다.

인생의 한 시기가 끝나고 문이 닫혀버리면, 내 앞에 다른 문이 또 새로 열리게 될 거라는 사실을 우린 오랜 경험을 통해서 익히 알고 있지. 그럼에도 불구하고 '다시는 그 시절로 돌아갈 수 없다는 것' '이 세상에 영원한 건 아무것도 없다는 것' 이런 진실의 말들이 먹먹하게 들릴 때가 있다. 환절기 감기에 걸려서 마음이 더 약해졌나? 뭐, 어쩔 수 없지.

참, 합정동 커피발전소에 너 머리 자른 기념으로 귀걸

이를 두 개 맡겼어. 나중에 잊지 말고 찾아가렴.

경선 씀

요
조

더 나은
어른이
되고 싶다면

언니의 이번 일기는 어쩐지 들으면서 여러 번 울컥하네요.

우리가 처음 교환일기 쓰면서 제가 제일 먼저 한 말이 생리하기 싫다고 광광댄 거였는데, 윤서가 어느새 그 생리를 할 만큼 자라나버렸다니…… 경이로워요. 이제 윤서는 곧 중학생이 되고 또 순식간에 고등학생이 되겠어요. 그러다 윤서가 성인이 되면 저는 쉰 살을 향해 다가가는 나이가 되겠네요. 윤서가 30대가 되어 한창 빛나는 나이를 살며 생리하기 싫다고 광광댈 즈음엔 저는 홀가분한 완경을 맞으려나요? 와, 이렇게 말하니까 진짜 세대 교체의 바통 터치가 확실하게 실감되네요!

그나저나 언니가 오랜 직업 파트너의 부재를 뒤늦게 실감하고 울적해하는 것을 보고 좀 놀랐어요. 솔직히 저는 그다지 대수롭지 않게 생각했거든요. 누군가와 그렇게 오랜 기간 동안 일을 하다 헤어져본 경험이 없어서 그만큼 절실하게 와닿지 않았나봐요. 게다가 언니는 저에게 웬만해서 울적해하거나 약한 모습을 보인 적도 없었잖아요. 그 시간들이 내가 생각했던 것보다도 언니에게 훨씬 더 각별했다는 걸 방송 들으면서 깨달았어요. 그리고 새삼 7권의 책을 만드는 시간을 단 한 사람과 보낸다는 것에 대해서 곰곰 생각해보았는데…… 둘 사이의 인간적 유대감과는 별개로 일단 같이 보낸 물리적 시간 자체가 서로에 대해 속속들이 알 수밖에 없을 만큼의 어마어마한 양이더라고요. 부재를 안 느낄 수가 없겠다 싶었어요.

그런 긴 시간을 공유했기 때문일까요. 저는 언제나 두 사람 사이에 흐르는 적확함이 참 멋져 보였어요. 함께 업무를 맞추어가는 태도뿐 아니라, 둘 사이에 오고가는 말도 굉장히 적확했거든요.

특히 적확한 '말'이라는 것은 듣는 입장에서는 기분이 좋지 않을 가능성이 높고, 말하는 입장에서도 굉장히 고된 거잖아요. 듣는 사람이 기분 나쁠 것을 알면서도 말하겠다는 것은 분명히 적지 않은 용기가 필요한 일이니까요. 그럼에도 불구하고

"작가님, 북토크에서 그런 말 하지 마세요."

"작가님, 아직까지는 괜찮아요. 근데 여기서 살 더 찌시면 안 돼요."

하고 질러버리는 편집자와 또 그 말을 웃으면서도 진중하게 받아들이는 작가의 모습 속에서 저는 더 나은 어른이 될 수 있는 중요한 힌트 하나를 발견한 것 같았어요.

저는 요즘 제 주변에 의견을 묻거나 조언을 구하려 할 때
마다 어떤 막막함을 느끼곤 해요.

다들 그냥 좋게 좋게만 말해주거든요. 무조건 좋대고,
무조건 잘했대고, 무조건 제 생각이 좋아 보인대요. 듣
기 나쁜 말도 아닌데, 이상하게 쓸쓸하고 아무도 나를 정
직하게 대해주지 않는 것 같은 서글픔이 밀려오더라고
요. 이유가 뭘까 생각해봤더니, 어느새 제 주변 사람들
이 다 저보다 나이가 어려진 거예요.

지난번에 언니와 이야기한 것처럼 이제 사람들은 타
인에게 상처를 주지 않기 위해 적당히 거리를 두는 걸 기
본 처세로 삼아 살고 있잖아요. 그런데다가 다들 나보다
나이까지 어려져버렸으니.

그제서야 이해가 되더라고요. 자기보다 나이 많은 소
위 인생선배에게 굳이 그거 별로다, 그건 아니다, 이렇
게 직언을 할 엄두도, 필요성도 느끼지 못하는 거죠. 자
기 생각을 솔직하게 말한다고 해서 특별히 본인에게 도
움이 되는 것도 아니고, 굳이 뾰족한 말을 해서 미운털
박히기도 싫을 테니까요. 그러다보니 저는 언젠가부터
늘 맞습니다, 잘하셨습니다, 그럴 수도 있습니다, 이런
듣기 좋은 말만 듣고 있나봐요.

다 이해도 되고, 공감도 되지만 이런 상황에 안주하다
가 결국 꼰대가 되는 거구나 싶어 아주 서늘해졌어요.

'쓴소리'를 기꺼이 해주는 존재에 대한 소중함을 절감할
수록 저 역시 그런 쓴소리를 할 줄 아는 사람이 되어야
하지 않겠냐고 스스로에게 엄히 묻게 돼요. 사실 저도 기
본적으로 겁이 많아 직언을 잘하는 사람은 아닌데요. 그
럼에도 제가 정말 애정을 가지고 있는 사람에게라면, 그
리고 그 사람에게 꼭 필요한 말이 그를 아프게 할 말이라
면 눈 꾹 감고 그 사람을 아프게 해야만 한다고 지금은
믿어요. 그것이야말로 그 사람에게 갖고 있는 내 애정에
책임을 다하는 일이기 때문이에요. 그리고 제가 그런 사
람이 되는 데 성공한다면, 마찬가지로 저를 아끼는 누군
가가 제가 부끄러워할, 속상해할, 화가 날 말을 한다고
해도 순간적인 욱한 감정에 멍청하게 속아넘어가지 않
고 상대방이 내어준 용기와 책임에 집중할 줄 아는 사람
도 자연스럽게 될 거라고 생각해요.

    아무리 아픈 말이라도 말하겠다는 입. 아무리 아픈 말
이라도 듣겠다는 귀. 어른의 우정을 위해 꼭 단련하지 않
으면 안 되는 신체기관인 것 같아요.

이렇게 교환일기도 쓰고 선물도 주고받으면서 오랜 시간 우정을 다지고 있는 언니와 저도 앞으로는 좀더 활발하게 직언해야 하지 않나 생각해요. 서로의 애정과 신뢰에 책임을 다 해야죠.

구리면 구리다. 재수없으면 재수없다. 이런 말도 좀 편하게 하고……

아, 그리고 언니나 저나 좋지 않은 성격인 것을 감안하고 하는 말인데, 혹시나 빈정 상하는 순간이 와도 일단 우리 교환일기 30회는 채우고 절교하는 겁니다?

신요조 씀

경
선

부당한
요구에
응하지 않는
이유

요조야,

지난번 일기에 네가 너 자신에 대해 설명하기를 '기본적으로 겁이 많아 직언을 잘하는 사람이 아니다'라고 했던데 대체 뭔 소리야. 너 직언…… 겁나 잘해!

나는 네가 내 의견에 수긍하지 않을 때를 딱 보면 알아. 넌 잠시 동안 침묵해. 우리 문자로 대화할 때 타이핑 엄청 빠르잖아. 그런데 갑자기 속도가 늦춰지면서 가만히 숨을 죽이고 있으면 그게 바로 '언니 그거 쫌 구려요'라는 신호야. 그러면 실제 내가 구렸던 것 맞고.

나는 상대의 의견에 동의하지 않거나 직언해야 할 때, 바로 그 타이밍에 간결하게 말해버리는 편이야. 그리고 말하기에 앞서, 반드시 내 상태부터 점검해봐. 혹시 내 주관적인 생각 속에 상대를 맞추려는 게 아닐까, 내가 상대를 통제하려는 것 아닌가, 그리고 혹시 내가 지금 생리전이라서 이러는 건 아닐까. 그게 아니라고 한다면, 내가 "그건 쫌 아닌데"라고 직언할 때는 다음의 두 경우인 것 같아.

그 사람의 그런 생각 때문에 눈에 보이는 곤경에 처할 것 같은데, 당사자만 모르고 있을 때.

같이 일하는 사람의 경우, 그 사람의 그런 생각이 업무에 문제를 일으킬 것 같다는 판단이 설 때.

네가 말했듯이 사람들은 직언하는 걸 어려워하니까, 확신이 안 선다 싶은 부분에 대해선 내가 먼저 직언을 구하려고 노력해. 나의 이런 마음가짐이 옳은 건지 틀린 건지, 내가 자기합리화를 하거나 기만하고 있는 건지 내가 '신뢰'하는 가까운 지인들에게 의견을 구해. 연상도, 연하도 있어. 어떤 직언은 듣고 어떤 건 흘려넘기고 그러지 않아. 대부분 그대로 받아들이고 참고해.

왜냐하면 이 사람들은 '적당히' '헐렁하게' 살아온 사람들이 아니거든. 자신의 전부를 담아 부딪쳐가면서 살았고, 그렇게 해서 체득한 자신의 경험치와 관점이 있어. 자기 힘으로 이룬 '성취'들이 있으면서도 자기 힘으로는 도저히 어쩔 수 없는 '결핍'도 직시하기에, 오만하지 않고 어느 정도의 자기객관화가 가능할 정도의 겸손함이 있지. 또한 자아가 단단해서 주변의 눈치를 보거나 시류에 편승하거나 남을 이용해서 자신의 이익을 취하려고 하지 않아. 자기 분에 넘치는 탐욕도 없어야 해. 기본적으로 자기 삶의 방식에 대해 편안함을 느끼면서도, 나이가 들어가면서 계속 조금씩 더 나은 사람이 되려고 스스로를 정비할 줄 아는 사람. 이런 사람들은 당연히 직언도 함부로 남용하지 않기에 그들이 해주는 말에는 무게가 있어. 반면 자기 자신을 항상 남과 비교하면서 '약자' '피해자' '억울한 사람'으로만 생각하는 사람들의 직언에는 개인적인 문제가 투영되어 있거나 특정한 의도를 가진 직언 같아서 곧이곧대로 받아들이는 게 쉽지가 않지.

이런 사람들의 특징은 자기네들이 남들한테 직언을 할지언정, 남들로부터 직언을 듣는 것은 못 견뎌한다는 거야. 입만 열려 있고 귀는 닫혀 있으니 그건 좀 모순이지. 다시 말해, 남의 직언을 진지하게 들을 줄 아는 사람이 타인에게 말도 신중하게, 하지만 단호하게 할 수 있다고 생각해.

사람들이 쉽게 직언을 하지 못하는 대표적인 인간관계가 '가족'이 아닐까. 문득 가정의 달, 5월을 맞이해서 새삼 실감하게 돼. 솔직해지지 못하고 합리적인 대화가 힘들다는 거지.

나는 개인적으로 가족 구성원들 중에 그 누구도 '권위'가 있어서는 안 된다고 생각해. 부모님이라고 해서, 손위 형제라고 해서, 나이가 더 많다고 해서, 혹은 남자라고 해서 자동적으로 그 사람에게 특별한 '권리'가 주어지는 건 좀 많이 이상하지 않니? 하지만 한국의 유교문화, 가부장제, 효사상 이런 것들 아래에선 자꾸 서열을 만들어서 아무런 의심도 없이 가족 간 권력관계를 만들어버려. 수신지 작가의 만화 『며느라기』에서도 알 수 있듯이, 가장 대표적인 권력관계는 남편의 예전 가족들과 (세간에선 시댁, 이라고도 하지) 아내의 관계라고 할 수 있겠어. 결혼한 여자들한테 당연하다는 듯이 쏟아지는 여러 가지 요구들은 무척 비합리적이고 불공정한 것들이 많아. 그리고 이게 세대가 바뀌면서도 그다지 나아지고 있는 것 같지 않고. 너처럼 결혼을 생각하지 않는 인구가 늘어나는 것도 무리가 아니지.

한 가지 예로 예전에 '임경선의 개인주의 인생상담' 오디오클립에서도 한 번 했던 말인데, 난 결혼 초기에 남편의 어머니한테서 '안부전화' 강요를 지속적으로 받아왔어. "너 너무 연락 안 한다. 전화 좀 자주 해라. 그게 뭐가 어렵냐" 하고. 하지만…… 어려워. 난 전화통화도 싫어하고 말수 많은 것도 싫다고. 사회가 일방적으로 부과한 권위체계에 어떻게 아무런 의문도 없이 그대로 복종할 수가 있어? 자신을 기쁘게 하기 위해 타인이 하기 싫어하는 것을 강요할 수 있는 관계는 근본적으로 건강한 관계가 아니야. 아무튼 반년 가까이 계속 요구하셨고 나중에는 시누이까지 전화해서 "우리 엄마한테 안부전화 좀 드려라"라고 했는데 나는 끝끝내 그 요구에 응하지 않았어. 이런 것들이 강요해서 될 일이라면 더 큰 문제가 아닐까.

안부전화 자주 드리는 거? 마음만 먹으면 그까짓 거 할 수 있어. 그냥 일이라고 생각하고 하면 돼. 직장생활도 그렇게 오래 했는데 그 정도 연기도 못 하겠어? 하지만 내가 굳이 그 요구에 응하지 않았던 것에는 단순히 '내가 하기 싫어서'를 넘어선 다른 이유가 있어.

나는 내가 함께 새로이 가족을 이룬 그 남자의 예전 가족들을 인간적으로 좋아하고 싶어. 결코 미워하거나 싫어하거나 뒷담화하고 싶지 않아. 진심으로 정말로 그래. 나는 세상에서 제일 아까운 시간이 고부갈등으로 괴로워하는 시간과 시댁 욕하는 데 들이는 시간이라고 생각하거든. 그리고 그렇게 되지 않으려면 상대가 원하는 대로 하기 위해 내가 무리해서는 안 돼. 모든 인간관계에 해당되는 진리지. 내가 나를 억누르고 상대가 원하는 바대로 하게 두면, 그리고 아무리 봐도 그 요구가 부당해 보인다면, 내 안에 분노가 쌓이게 돼. 나는 그러고 싶지 않았어. 의무감에서 해야 하는 것들이 있다면 진심으로 그 상대를 좋아할 수가 없어. 각자의 존엄을 가진 인간 대 인간으로 좋아하고 싶으니까 그분들한테도 솔직해지고 싶었지.

올해 초, 남편과 나는 제사를 이제 더이상 지내지 않기로 했어. 부부싸움을 감당할 각오를 가지고 내가 먼저 '난 제사가 싫다'고 남편에게 고백했는데, 남편은 내 말에 진지하게 귀기울이고 내 뜻을 존중했어. 체면이나 효심 등 다른 명분보다 우선 자신에게 가장 소중한 사람이 고통스럽지 않아야 한다고 생각했대. 너무나 당연하고 단순한 말인데도 나는 울컥했어.

아무리 늦어도 우리가 할머니가 될 즈음엔 한국 여자들

을 짓눌러온 여러 가지 부조리한 일들이 다 사라졌으면 좋겠어. 남자들을 증오하는 데까지 갈 것도 없이 말야. 그러기엔 너도 알다시피 내가 남자를 좀 많이 좋아하잖아?

그래, 우리 말 난 김에 다음번에는 남자 얘기 좀 해볼까?

너도…… 남자 좋아하잖아!

경선 씀

요
조

사랑은
역시
마주보는
거예요

오늘 쓰는 교환일기가 열한번째인데요. 역대 교환일기 중에 가장 떨리는 마음으로 이 글을 쓰고 있어요. 왜냐하면 일단은 언니의 마지막 멘트 때문이죠.

"너도…… 남자 좋아하잖아!"

네. 겁나 좋아합니다.

근데 사실 저는 남자뿐만 아니라 여자도 제 스타일이다 싶으면 거침없이 좋아하는 편이에요. 성욕까지 느껴야만 좋아함의 진정성을 인정할 수 있다고 주장하는 사람들이 있을지도 모르겠는데, 그 진정성이란 것도 어쨌든 당사자만이 결정할 수 있는 영역이라고 저는 생각해요. 암튼 저는 상대의 젠더가 무엇이냐보다도 그들이 얼마나 저의 타입인지에 더 집중하는데요. 너의 타입인지를 알기 위해 무엇을 보냐고 묻는다면, 저는 안구를 봐요. 다른 사람들은 눈을 본다, 눈빛을 본다 이렇게 표현하더군요.

저는 정말 안구를 좋아해요. 다른 사람들이 손가락을 좋아하고, 목선을 좋아하고 하듯이 말이에요. 쌍꺼풀이 있든 외꺼풀이든, 크든 작든, 매서운 눈이든 순진해 보이든 상관없어요. 그 안에 구슬처럼 박혀 있는 안구가 더 중요해요. 인간뿐 아니라 눈을 가지고 있는 동물들을 볼 때도 제가 가장 관심 있게 눈여겨보는 신체부위가 안구예요. 왜냐하면, 제일 재미있거든요. 아주 작지만 들여다보면 들여다볼수록 커다랗고 끝이 없어서 정말 보는 맛이 나요. 아름다움을 가장 크게 감각하는 부위이기도 하고요. 그런 실정이다보니 평소에도 저는 사람하고 대화할 때 안구를 좀 흥미롭게 보는 편이고 안구가 내 스타일이다 싶으면 더더욱 눈을 뚫어져라 보는 버릇이 있어요.

그럼 어떤 안구를 좋아하느냐.

일단 깨끗하고 예쁜 안구가 좋죠. 흐리멍덩하거나 충혈이 잦은 눈은 분명히 반감이 생겨요. 가끔 피곤해서 제 눈이 충혈될 때가 있는데요. 그럴 때는 정말 너무 고통스러워요. 화장을 안 했을 때보다도 더 '나 지금 엄청 최악이겠구나'라고 생각하게 되고, 사람들 눈도 잘 못 쳐다볼 정도예요. 그래서 저는 수면시간도 최소한 여섯 시간 이상 엄수하려고 노력해요. 충분히 잤을 때와 충분히 자지 못했을 때, 안구의 때깔이 다르거든요.

결정적으로 저를 다른 차원으로 이끄는, 저를 홀리는 안구는 깨끗하고 충혈되지 않는 것으로 설명할 수 없는 무언가가 더 있는데요. 그 영역에 대해서는 제가 어떻게 설명할 도리가 없네요. 그런 것이 있다, 라고밖에는.

아무튼 이렇게 저에게는 상대의 안구가 중요하다보니까
연애할 때도 이른바 '안구 중심 데이트'를 하게 됩니다.
영화를 보거나 전시를 보거나 공연을 보거나 하는 것보
다도 밥 먹거나 차를 마시거나 술을 마시거나 하면서 얼
굴을 마주보고 얘기를 나누는 게 저는 더 좋아요.

  사랑은 서로 마주보는 게 아니라 한 방향을 같이 보는
거라고요? 무슨 말인지는 알겠는데 저는 미어캣이 아니
니까요. 제가 생각하는 사랑은 역시, 마주보는 거예요.
어른의 연애를 얘기할 때 빼놓을 수 없는 게 섹스인데,
제가 가장 좋아하는 섹스 역시 서로의 눈을 충분히 마주
볼 수 있는 섹스예요.

  왜 나는 그렇게 상대의 안구에 집착할까, 나는 그 안
구를 통해서 어떤 쾌감을 느끼는가 생각해보면, 이렇게
말해볼 수 있을 것 같아요.

  안구를 바라보면서 함께 심각해진다는 게 좋다, 라고
말이에요.

  혼자 심각해진다는 건 확실히 좀 외롭더라고요. 언니
도 알다시피 저는 대체로 모든 걸 혼자 하는 것을 좋아하

고 그런 경험 속에서 외로움을 잘 느끼지 않지만 심각해
지는 일만은 혼자 하다보면 외롭다고 느껴져요. 그런데
제가 어떤 근사한 안구를 똑바로 직시하면서 심각해지
다보면 이런 일이 다 있구나 싶어요. 이렇게 심각한 나
를 똑바로 봐주는 존재를 저 역시 바라보면서 분명하게
깨닫게 되는 거죠. 지금 주인공이 나구나. 이런 일도 있
구나.

신요조 씀

상대가 원하는대로 하기 위해
내가 무리해서는 <del>안되지</del>, 안돼.
모든 인간관계에 해당되는 진리지.
내가 나를 억누르고 상대가 원하는 바대로 하게 두면.
그리고 아무리 봐도 그 요구가 부당해 보인다면.
내 안에 분노가 쌓이게 돼.
의무감에서 해야 하는 것들이 있다면
진심으로 그 상대를 좋아할 수가 없어.

사랑은 서로 마주보는 게 아니라
한 방향을 같이 보는 거라고요?
무슨 말인지는 알겠는데
저는 미어캣이 아니니까요.
제가 생각하는 사랑은 역시,
마주 보는 거예요.

경
선

'좋은
연애'가
대체
뭐길래

요조에게

　너의 눈알 얘기 잘 읽었어. 맞아, 외견상 가장 중요한
것은 눈이지. 눈은 상대를 빨아들이듯 매혹하고, 감정을
다 드러내지. 애써 감정을 눌러도 눈빛이 촉촉해지면서
눈두덩이 울긋불긋해지면 그건 상대와 자고 싶다는 신
호잖아.

　얼굴을 마주보고 서로에게 집중하는 '안구 중심 데이
트'가 좋다고 했지? 나도 그쪽 계열이야. 어디 새로 생긴
핫플레이스로 데이트하러 가거나 친구들과 함께 모임
갖는 그런 것들은 관심 없었어. 그 사람만 있으면 상관없
었지. 아, 그리고 서로의 눈을 충분히 마주보면서 하는
섹스가 좋다고 했지? 근데 그럼 체위가 너무 제한되는
거 아니니? 물론 목을 옆으로 최대한 꺾어서 눈을 마주
보는 방법도 있겠지만…… 한편 내 경우엔, 보기보다 수
줍음이 많아 서로의 눈을 충분히 마주볼 수 있는 섹스는
뭔가 너무 부끄러울 것 같아. 난 너와 반대로 그 사람의
두 눈을 내 손바닥으로 가리면서 하는 게 좋아.

　사실 '비혼'과 '비출산'을 넘어 '탈연애'를 주장하는 사
람들이 갈수록 많아지는 지금 같은 시대에 이런 이야기

가 무슨 의미가 있겠냐만은 그래도 난 누군가를 사랑하는 일이 인생을 살아가는 데 매우 큰 동기부여인 것 같아. 사랑하면서 여러 감각과 감정을 느낄 때 '아, 내가 생생히 살아 있구나' 싶어. 연애를 좋은 연애, 나쁜 연애로 가르는 것에도 갸우뚱하게 돼. 삐딱한 나는 이런 생각을 해.

'흥, 연애에 좋고 나쁘고가 어딨어. 그냥 연애중에 좋을 때와 나쁠 때가 있는 거지.'

나는 사람의 '감정'과 관련된 문제에 '선악'이나 '당위'를 과하게 적용하는 건 무리가 있다고 생각해. 관계에서 유일한 악은 명백한 폭력뿐이지.

연애는 '자, 이제부터 시작합시다' 해서 한다기보다 대책 없이 상대에게 푹 빠지는 거잖아. 그러면 이게 좋은 연애인지 나쁜 연애인지, 내가 이득을 볼지 손해를 볼지 애초에 가늠할 수가 없어. 사랑은 그냥 빠져버리는 것이니까. 행여 나에게 유리하거나 유익한, 절대 상처 줄 일이 없는, 그런 '좋은 연애'를 구하고 있는 사람에겐 '사랑에 푹 빠져버리는 사고'는 아마도 일어나지 않을 거다. 물론 누군가를 너무 좋아하게 되는 것 자체를 위험요소(리스크)

로 바라본다면 뭐 그렇게 '안전하게' 살면 되는 거고.

요새는 30~40대의 연애 안 하는 비혼 인구도 많은데 나는 젊은 10대 20대보다 나이가 조금 들고 성숙해진 다음에 경험하는 사랑도 참 좋지 않나 싶어. 젊었을 때는 상대가 내 기준에 미달하면, 내 마음에 안 드는 행동을 하면 '어떻게 저럴 수가 있어?' 하며 부들부들 떨지만 나이가 들어 다양한 경험을 거치면서 자기 자신의 불완전함을 깨닫게 되니, 상대에 대해서도 조금 관대하고 너그러워질 수 있어서 좋은 것 같아. 나이들면 확실히 열정이 넘치거나 푹 빠지는 일은 줄어들지도 모르지만, 그 대신 상대의 선하고 아름다운 지점들을 발견할 수 있는 눈이나 상대의 결핍을 이해하는 능력은 깊어지니까. 아니 정확히는 깊어져야 한다고 생각해.

내가 남자한테 너무 너그러운가? 이래서 남자 좋아한다는 소리를 듣는 건가? 모르겠어. 나는 남자를 여자와 다른 종이라고 생각해서 완전한 이해를 구하지도 않고, 남자한테 큰 기대를 한다거나 의지한 적도 없었고, 남자가 내 인생이나 행복을 책임질 수 있다고 생각하지 않아. 오히려 그래서 복잡하게 생각 안 하고 있는 그대로 상대를 좋아할 수 있었던 것 같아.

그나저나 아직 5월인데, 요새처럼 한여름 무더위가 덮치
면 문득 여름휴가 어디 갈지 고민하게 되네. 우리 가족에
겐 항상 이 문제가 뫼비우스의 띠가 되어버려. 이게 어떤
식인지 한번 들어봐봐.

- 우선 매년 요맘때 인터넷에 '여름에 시원한 여행지'를
  검색해봐. 그럼 대충 캐나다 밴쿠버, 홋카이도, 스코틀
  랜드, 아이슬란드, 호주, 뉴질랜드, 블라디보스토크, 몽
  골, 알래스카, 노르웨이, 핀란드 등의 북유럽이 나와. 혹
  하다가도 멀고, 남편이 회사 사정상 휴가 일정을 길게
  못 빼서 패스.
- 그다음 가까운 외국을 알아봐. 동남아시아, 일본, 중국,
  대만, 오키나와 등등. 문제는 그곳도 너무 덥고, 남편은
  바닷가 리조트를 좋아하지 않아서 패스—
- 그래서 이번에는 국내에 피서 갈 만한 곳을 찾아본다?
  그런데 좀 괜찮은 호텔은 성수기요금이 너무 비싸서 차
  라리 이럴 바엔 외국여행 가겠다 싶어지는 거야. 그렇다
  고 저렴한 숙소 잡으면 뭘 굳이 집보다 못한 곳에서 자

려고 고생해서 저기까지 가야 하나 싶어져.

- 그러다보면 "우리 귀찮은데 멀리 가지 말고 그냥 서울의 좋은 호텔에서 '호캉스'나 할까?" 같은 말이 나와. 하지만 검색해보면 서울 호텔 숙박비도 만만치 않아.

- 그렇게 되면 '뭘 굳이 에어컨 빵빵한 집 놔두고 집보다 비좁은 호텔 가서 자야 하나? 의미 없는 돈 낭비 아닌가? 집에서 시원하게 있으면서 맛있는 거 먹으러 다니면 그게 피서 아닌가?' 싶어져. 그래 '집 나가면 고생'이란 말이 맞지, 라며 같이 납득해.

- 조금 시간이 지나잖아? '에이…… 그래도 여름에 딱 한 번 받는 휴가인데 집에만 있는 건 좀 아깝지 않을까' 같은 생각이 다시 스멀스멀 기어올라와.

- 그래서 다시 1번으로 되돌아가 '여름에 여행 갈 만한 시원한 장소'를 검색하게 돼.

내가 대체 무슨 짓을 하고 있나 싶지만, 이 짓을 막판까지 무한반복하고 있다! 아무튼 올여름 또다시 '백 년 만의 무더위'라던데 우리 부디 무사하도록 하자.

경선 씀

요
조

더욱더
사람들을
속이고
싶어요

한 달에 한 번 하는 한겨레신문 인터뷰, 매주 한 번 쓰는
언니와의 교환일기, 격주로 녹음하는 도서 팟캐스트 때
문에 읽어야 하는 책 두 권. 이 루틴을 반복하다보면 정
말 한 달이 눈 깜짝할 사이에 슥슥 사라져가요. 오늘이
며칠인지, 무슨 요일인지도 잘 모르는 상태로 하루하루
사는 것 같아요. 언니의 지난 일기를 읽다가 지금 내가
살고 있는 계절을 새삼 다시 봤어요. '아, 맞다, 곧 바캉
스다!' 하면서 정신을 번쩍 차렸어요.

　첫번째부터 일곱번째까지 이어지는 여름휴가 계획 패
턴이 너무 언니다워서 웃었어요. 즉흥적이고 추상적으
로 어디 갈까? 하고 생각하는 사람이 저라면 언니는 어
딜 가겠다고 결정하는 것부터 체계와 분석이 시작되잖
아요. 이미 그 나라를 여행하기도 전에 여행한 것처럼 온
갖 정보를 다 검색하고 말이에요. 아마 지금도 언니는 그
패턴의 어드메에서 열심히 검색을 하고 있을까요?

　아마 언니는 가족이 있어서 더더욱 매년 여름휴가를
규칙적으로 의식하고 지켜온 것일 테지만, 저는 딱히 여
름휴가라는 것이 없어서 그냥 한가할 때 아무 때나 여행
을 다녀오는 식으로 지내왔어요. 20대 중반 이후로부터
는 매년 제주로 혼자 여행 다녀오는 것이 나름의 루틴이

었는데, 이제 그 제주가 제집이 되고 보니 언니의 다섯 번째 상황 '그냥 편하게 집에서 쉬는 게 낫지 않겠어?'를 반복하게 될 때가 많은 것 같아요.

여름에 책방이 쉬는 날 마침 날씨가 맑고 화창하면 애인과 함께 비치타월, 책, 카메라만 챙겨서 근처 바다로 가요. 차 타고 10~15분이면 사람 없고 조그만 해수욕장이 나타나요. 물도 맑고 얕아서 저처럼 수영 못하면서 물 좋아하는 사람이 놀기 아주 적당해요. 커다란 튜브 위에 철퍼덕 앉아서 둥둥 떠다니고 있으면, 애인은 제 튜브를 이리저리 끌고 다니다가 저 혼자 수영을 하기도 하고 사진을 찍으러 사라지기도 해요. 저는 뭍으로 나와서 맥주를 마시면서 책을 보고, 그러다 더워지면 다시 바다로 들어가 떠다니고. 그러다 집에 갈 때가 되면 모래를 탁탁 털고 돌아와요. 아주 간편하고 단출한 피서방법이죠?

그렇지만 뭐니뭐니해도 저에게 최고의 여행은 역시 시간을 들여 멀리 떠나는 것이에요. 생경한 세상으로 일부러 들어가는 거죠. 익숙하지 않은 침대 위에서 잠을 자고, 처음 보는 음식을 먹고, 모르는 글자로 둘러싸인 거리를 걷는 일. 한국에 널리고 널린 스타벅스마저도 다른 나라에서는 또다른 이야기가 돼요. 예컨대 한여름 프랑

스에서 스타벅스에 가는 마음은 한국에서와 절대로 같
을 수 없어요. 얼음이 들어간 아이스 아메리카노를 먹을
수 있는 카페는 그 나라에서 흔하지 않기 때문이에요. 작
년 여름 프랑스에서 한 달 동안 겪은 '아이스 아메리카노
를 쉽게 마실 수 없는 고통'의 체험도 이제 와서는 다 귀
하고 중한 기억이 되었어요.

그래서 올해 언니는 어디에 가기로 하신 건가요? 저
는 프랑스에 다녀오려고 비행기표까지 끊어놓았는데요.
제가 쓰고 있는 책 마감 때문에 아무래도 못 갈 것 같아
며칠 전에 눈물을 머금고 취소했어요. 올해는 아마도 해
외여행은 힘들 것 같고 간간이 집 앞 바다에 다녀오는 것
으로 바캉스를 대신해야 할 것 같아요.

그러고 보니 바로 얼마 전 읽은 책도 여행에 관한 책이었
네요. 김영하 작가님의 신작 『여행의 이유』인데, 다 읽고
나니 언니가 이 책을 읽으며 왜 그렇게 극찬했는지 전부
이해가 가더라고요. 여행이라는 주제도 주제였지만, 새
삼 김영하 작가님의 필력에 다시 한번 감탄했어요.

저는 소설가가 쓰는 에세이에 굉장한 매혹을 느껴요.
허구의 이야기들로만 만들어진 소설가의 거대하고 견고

한 성 안으로 여행을 가는 기분이 들거든요. 그리고 그
안에서 벌어지는 작가의 진짜 생활, 진짜 생각을 몰래 구
경하는 거죠. 그치만 에세이야말로 실은 무시무시한 픽
션이라는 걸 알아요.

　일단 저부터 그래요. 어떤 사실은 교묘하게 감추고 어
떤 사실은 티 안 나게 부풀리면서 저는 제 글 속에서 언
제나 실제의 저보다 더 괜찮은 사람으로 변모해요. 제가
제 험담을 하는 순간조차도 사람들이 이 글을 읽으며 저
에게 매력을 느껴주기를 바라고요. 그래서 저는 제가 쓴
수필들을 보면 그렇게 가증스러워요. 어설픈 척, 나약한
척 하면서 있는 대로 실속 챙기는 얌체가 따로 없어요.
그치만 다른 작가들의 잘 윤색된 에세이를 보는 것은 여
전히 아찔하게 좋아요. 내가 손해 볼 일이 없다는 전제
안에서 저는 언제나 속는 일에 적극적이고 싶어요. 영화
에도 속고, 소설에도 속고, 사람들이 SNS에 올리는 일상
과 사진에, 수다 속에 녹아들어가는 친구들의 자연스러
운 허풍에, 애인의 엄살에 기꺼이 기꺼이 속아넘어가고
싶어요. 제가 가장 이해 가지 않는 콘텐츠 중 하나는 마
술쇼의 트릭을 군이 알려주는 방송들이에요. 마술쇼에
서 우리가 속지 않을 거라면, 왜 마술을 보아야 하나요?

속지 않는 것도 쉬운 일이 아니지만 속는 것 역시 쉬운 일은 아닌데, 그런 점에서 훌륭한 소설가와 훌륭한 수필가, 훌륭한 시인 역시 대단한 마술사와 진배없는 것 같아요.

저 역시 더욱더 가증스럽게 사람들을 속이고 싶은 마음에, 시중에 나와 있는 글쓰기 교재들을 엄청 열심히 기웃거리고 있어요. 어떻게 하면 활자를 휘두르는 훌륭한 마술사가 될 수 있을까.

신요조 씀

경
선

에세이를
잘 쓰기
위해
할 수 있는
것들

요조야, 안녕.

나는 너와 반대로, 마술쇼의 트릭을 구체적으로 알고 싶어하는 쪽이고, 영화는 스포일러를 일부러 찾아서 읽고 나서 영화를 보러 가는…… 이상한 사람이야. 호기심이 급한 성격과 만나서 이렇게 된 걸까.

아무튼, 소설가가 쓰는 에세이는 네 말대로 참 매력 있지. 모든 소설가들이 매력 있는 에세이를 쓸 수 있는 것은 물론 아니지만. 나도 처음에는 에세이 위주로 쓰다가 시간이 조금 지나고서야 소설을 쓰게 되었기 때문에 '앞으로도 계속 글을 쓰고자 한다면 소설에 도전해보는 게 필요한가' '글쓰는 사람은 아무래도 소설을 써보긴 써봐야 하는 건가'라고 에세이와 소설 양쪽을 다 써보신 작가분들께 많이 물어봤지. 그분들은 이렇게 대답해주었어.

'일단 네가 소설을 한번 써본 다음에 스스로 답을 내리라'고.

그 조언에 힘입어 소설을 쓰기 시작했고, 소설을 4권쯤 쓰고 나니까 이젠 내가 같은 질문을 다른 분들로부터 받게 되었어. 그에 대해 나는 대개 이렇게 대답했지.

"네. 기왕이면 소설을 써보는 것이 낫습니다. 왜냐하면 향후 에세이만 쓰겠다고 마음먹어도, 소설을 써본 경험은 에세이를 쓸 때 분명 도움이 되기 때문이죠." 이게 왜 그러냐면 몇 가지 이유가 있어.

첫째로, 소설은 하나의 완결된 세계를 창조해내는 작업이기 때문에, 그런 글쓰기 훈련을 하고 나서 에세이를 쓰면 에세이의 글이 '입체적'으로 변해. 묘사나 대사 등에 익숙하게 훈련되면 2차원 평면이 3차원 입체가 된달까. 그래서 소설가가 쓰는 에세이를 읽다보면 글이 겉돌거나 저자의 이야기를 그냥 듣고 있는 느낌이 아니라, 내가 책 속의 풍경으로 빨려들어가서 그 상황을 직접 마주하는 기분이 드는 것 같아.

둘째로, 소설이 에세이보다 반드시 더 가치 있다고 말할 수는 없겠지만, 소설이 에세이보다 물리적으로 쓰기가 더 어려운 건 사실이야. 훨씬 더 깊숙이 내 안으로 들어가야 하고 훨씬 더 치열하게 생각이라는 걸 해야 하니까 좀 피 말리는 부분이 있어. 그렇다보니 소설을 쓴 다음에 에세이를 쓰면 훨씬 부담이 덜하고, 오히려 쓰면서 기운을 보충하는 느낌이 들어 작업 자체가 순수히 즐겁다는 생각이 든단다.

마지막으로 셋째, 다른 형태의 예술작업을 해보는 일은 늘 보다 좋은 에세이를 쓰는 데 도움이 되겠다는 생각이 들어. 소설을 써본 경험이 있다면 에세이에 '서사적 요소'를 자연스럽게 녹일 수 있게 돼. 달리 말하면 글을 다양하게 '가지고 놀 수 있는' 요령이 몸에 배고, 그러면 글을 전개해나가는 방식에서도 정해진 패턴과 단조로움을 피할 수 있지. 마찬가지로 시를 쓴 경험이 있다면 아름답고 정확한 단어를 선택할 줄 아는 능력이 에세이에 보탬이 되고, 너처럼 노래를 짓고 가사를 써본 경험이 있다면 너도 모르는 사이, 글에 저절로 리듬이 배어서 너만의 문체를 가지게 되는 것 같아.

내가 생각하는 잘 쓴 에세이의 특징에 대해 말해볼까? 예컨대 많은 사람들이 재밌다고 열광하는 무라카미 하루키 에세이의 특징을.

우선 이 아저씨는 에세이 주제를 전반적으로 라이트light하게 잡아. 아보카도나 기차표, 이발소 등 뭔가 뜬금없고 일견 시시껄렁해 뵈는 주제들. 일상 속에 그저 배경처럼 존재감 없던 것들에 빛을 비추지. 그리고 아무것도 아닌 것처럼 보이던 그것들에 관련된 무척 매력적인 이야기를 적당한 묘사, 특유의 재치 있는 비유와 담백한 문체로 술술 풀어가. 아무것도 아니었던 것들이 어느덧 싱그럽게 살아 움직이기 시작해. 단어 하나하나가 탱글탱글 생기를 머금고 있으니 그야말로 재미있게 술술 읽히지. 하지만 그게 다가 아냐. 이 아저씨는 거의 모든 에세이마다 크든 작든 한 꼭지 빛나는 인생의 깨달음 같은 것을 반드시 집어넣는다?

나중에 한번 잘 봐봐. 작정하고 감동을 주려고 한다거나 훈시하거나 선동하는 건 아냐. 하지만 이 에세이에서 나온 이야기가 가지는 함의나 의미, 교훈을 대수롭지 않다는 듯이 슬쩍 스쳐지나가듯 힌트만 주고 가. 어떻게? 기존에 술술 넘어가던 글과는 온도나 속도가 조금 다른 문장, 혹은 어떤 표현으로 말야. 그런 것들이 우리 마음속에 부드럽게 여운을 남기는 거지.

내가 지금 무슨 말을 하려는 거냐면, 에세이라는 것은 기본적으로 저자가 자기 생각이나 생활에 대해 이러쿵저러쿵 자유롭게 쓰는 것을 허락하는 장르잖아. 하지만 그렇다고 해서 정말 아무 생각 없이 그렇게 쓰면 자칫 그걸 쓴 당사자 본인만 즐거울 뿐이야. 독자들도 그것을 읽고

194   경선

즐거우려면 그 글 안에는 '마치 내 이야기인 것처럼' 공
감이 되거나, 마음에 스미는, 혹은 투명한 깨우침을 주
는 인생의 교훈 같은 것을 선물처럼 숨겨두어야 한다고
봐. 그 교훈의 내용과 전달방식이 창의적이고 은근하고
세련될수록 그 에세이의 매력은 더 클 것이고. 하루키 아
저씨가 그런 걸 참 능청스럽게 잘해서. 균형감각을 체득
한 거지.

한편 글쓰는 일에 대해 말하다보니, 지금 이 시대가 자기
이름을 내걸고 글쓰는 사람들에게 결코 쉽지만은 않다
는 생각이 문득 드네. 필연적으로 악플을 마주해야 하니
깐. 악의와 악플에 대해서는 아무리 익숙해진다고 한들
완전히 초연해지긴 힘든 것 같아. 너와 나 포함, 쿨한 사
람은 그 어디에도 없잖아. 조금 더 참는 사람이 있을 뿐
이지. 멘탈이 강하다기보다 그냥 '아는 고통'이라 그나
마 익숙한 것이고, 힘든 건 매번 마찬가지일 거야. 혼자
서 감당할 수밖에 없는 고독한 일이라 더 고통스럽기도
하고. 가끔 글쓰는 후배들이 악플 때문에 힘들어서 내게
상담하면 나는 보통 이렇게 대답해. 우선, "어떤 사람이
너를(혹은 너의 작품을) 어떻게 평가하고 받아들이느냐는

너의 문제가 아니라 그 사람의 문제야"라고 일러주고 나서 이어서 질문을 하나 해.

만약 네가 무언가를 만들어내는 사람과 무언가를 판단(비판)하는 사람, 둘 중 하나만 선택해야 한다면 어느 쪽을 선택하겠냐고. 그럼 가만히 생각해보다가 다들 이렇게 대답하더라? 억울하게 욕먹는 한이 있더라도, 무언가를 만들어내는 사람으로 남고 싶다고.

요조야, 나도 마찬가지야. 앞으로 무슨 어려움이 있든 간에, 어떤 형태로든 표현하는 일로 살아갈 수 있다면 좋겠어. 하지만 그와 동시에 행여 내가 나의 슬픔, 나의 고통에만 예민하게 집중하고 있는 건 아닌가, 항상 서늘하게 스스로를 돌아보는 것도 필요하겠고.

날씨가 오늘도 무더워. 이럴 땐 긴 머리 싹둑 자른 네가 얼마나 시원할까 싶어. 점점 더 홍콩배우 재키 찬(성룡)의 젊은 시절 모습을 닮아가는 게 참 듬직하니 보기 좋더구나.

그럼 오늘은 이만 안녕.

경선 씀

저는 소설가가 쓰는 에세이에 굉장한 매혹을 느껴요.
허구의 이야기들로만 만들어진 소설가의 거대하고 견고한 성 안으로
여행을 가는 기분이 들거든요.
그리고 그 안에서 벌어지는 작가의 진짜 생활, 진짜 생각을
몰래 구경하는 거죠.
그치만 에세이야말로 사는 무시무시하고 픽션이라는 걸 알아요.

만약 네가 무언가를 만들어내는 사람과
무언가를 판단(비판)하는 사람,
둘 중 하나만 선택해야 한다면
어느 쪽을 선택하겠냐고.
그럼 가만히 생각해보다가
다들 이렇게 대답하더라?
억울하게 욕먹는 한이 있더라도,
무언가를 만들어내는 사람으로 남고 싶다고.
요조야, 나도 마찬가지야.
앞으로 무슨 어려움이 있든 간에,
어떤 형태로든 표현하는 일로 살아갈 수 있다면 좋겠어.

요
조

제가
준비하고
있는
마지막
한 방

맞아요, 얼마 전 저는 긴 머리카락을 아주 짧게 잘라버렸죠. 재키 찬의 젊은 시절을 닮았다는 언니 말에 저도 동의합니다. 제가 봐도 보면 볼수록 닮았다해!

아마도 제 기억이 맞다면 저는 이런 짧은 헤어스타일을 초등학생 때 한 번, 고등학생 때 한 번 해봤어요. 머리카락이 짧았던 그 두 번의 시기에 저를 남자로 오인하는 사람들 때문에 곤혹을 느낀 적이 좀 있었어요. 남자애들만 골라가면서 고추를 만지고 희롱하던 아주 악명 높은 복덕방 할아버지가 그때 당시 저희 동네에 살았거든요. 그런데 제가 커트머리를 하던 시절, 그 할아버지가 길에서 저만 마주치면 슬금슬금 다가오는 거예요. "저 여자예요! 저 꼬추 없다고요!" 하면서 도망다니곤 했죠. 그뿐인가요? 엄마랑 같이 목욕탕에 가면 아주머니들이 제가 옷을 다 벗을 때까지 유심히 쳐다보다가 팬티까지 다 벗고 나면 "거봐, 여자잖아" 하고 속닥거리는 것도 여러 번 봤고요. 고등학생 때는 버스에서 말 거는 할머니들이 많았어요. "여자여, 남자여?"

그런 시절을 거쳐서 정말 오랜만에 다시 도전해본 제 인생의 세번째 커트머리인데, 역시나 이번에도 남자로 오인받는 사건이 얼마 전에 있었네요. 페이스북으로 어떤 금발의 아름다운 백인 여성이 제 프로필 사진을 보고 다이렉트 메시지를 보내왔는데, 저를 남자로 알고 계시더라고요. 진실된 관계를 찾고 있다는 절박함에 대고 이런 말씀 드리기 좀 죄송했지만, 그래도 어떡해? 영어로 '미안하지만 나는 여성이다'라고 말씀드렸죠. 그분은 바로 깔끔하게 "오케이. 땡스" 하고 가버리더군요.

여전히 오늘날까지도 남자로 오해받는 사건이 일어나고는 있지만, 다행스럽게도 모두들 제 짧은 머리카락이 훤칠하니 잘 어울린다고 좋게 봐주시고 스스로도 만족스러워서 다행이에요. 결과가 나쁘지 않으니 이런 생각도 하는 거겠지만, 이게 뭐 대수라고 머리카락 자르기 전에 그렇게 쫄았나 싶어요. 아무튼 다들 저의 이런 변화를 두고 굉장히 용기 있다고 칭찬해주셨지만, 실은 진정한 용기는 아마 자른 헤어스타일이 구렸을 때야말로 필요했을 거예요. 남들이 뭐라고 하건 내 모발은 내 모발의 길을 간다며 꿋꿋하게 버티는 용기. 암튼 저는 20년 만에 숏커트를 시도해보며 새삼스럽게 용기라는 문제에 대해서 이래저래 생각해보았어요.

저처럼 이렇게 눈에 띄는 변화를 이끌어내는 것만 용기일까, 막 요동치고 드라마틱하고 송두리째 뭘 바꿔놓고 그런 것만 용기일까 하고요. 실은 얼마 전부터는 그 반대의 용기를 주변에서 보고 있거든요. 하나도 바뀌는 것이 없고 조용하고 잔잔한 용기.

저하고 함께 팟캐스트를 진행하고 있는 장강명 작가님이 이런 이야기를 한 적이 있어요. 계산해보았대요. 앞으로 쓰고 싶은 이야기들이 몇 편이나 되는지. 그리고 내가 앞으로 몇 살까지 살 수 있을 것 같은지. 내가 보통 하루에 쓰는 분량으로 나는 여생 동안 몇 편의 소설을 쓸 수 있겠는지. 하루에 글쓰는 시간을 엑셀로 일일이 기록하는 작가로 원체 유명한 분이니, 아마도 그 계산은 제 예상보다 훨씬 치밀했겠죠. 그리고 그는 그 계산에 충실하기 위해 자기 시간을 소분했을 거예요, 쓸데없는 제안은 잔정에 휩쓸리지 않고 더욱 칼같이 거절하고, 해야 할 일들의 규칙을 더 단단히 하면서. 그렇게 그분은 작년과 조금도 달라지지 않은 소설가 장강명으로 올해도 살아가고 있어요. 적금을 붓듯이 매달 규칙적인 시간과 노동을 들여가며 자신의 일을 한결같이 지키고 있는 것이죠.

얼마 전에는 번역가 박산호 선생님도 비슷한 말씀을 하시더라고요. 이제 하루나 월 단위, 책 한 권을 마감해서 끊어 쓰는 단위가 아닌 전체적인 인생이라는 시점에서 자신의 일을 보게 되었다고요. 운이 좋으면 앞으로 20년 더 번역할 수 있다고 생각하자 태도가 자연스레 달라지게 되셨대요.

여태 해왔던 자신의 일을 돌연 그만두고 다른 것에 도전하는 것만 용기가 아니라, 여태 해오던 일을 앞으로도, 가능한 오래, 변함없이 지속하기 위해 자신의 일상을 재조정하는 것도 정말 큰 결단의 태도인 것 같아요. 말하자면 자신의 현실적인 한계를 직시하는 용기인 것이죠.

그치만 저는 솔직히 말하면, 좀 자신이 없어요. 보시다시피 저는 뮤지션이라는 본업이 있는데도 책방 주인이기도 하고, 이렇게 글도 끼적거리고 있고, 그 외에도 여기저기 엄청 기웃거리는 사람이잖아요. 이렇게 기웃거리느라 지금 앨범을 못 낸 지가 몇 년째인지 기억도 안 나요. 이런 성격으로 한 우물을 꿋꿋하게 끝까지 파겠다는 용기를 대관절 어떻게 내겠냐고요.

대신에 저는 마지막 한 방을 노리고 있어요. 한 큐에 제 인생을 그럴싸하게 정리하는 거죠. 모름지기 모든 예술가의 꿈은 자신의 예술을 하다가 죽음을 맞이하는 것.

저는 언젠가 운이 좋아서 스스로 제 죽음이 임박했다 직감하게 되면요. 그때부터는 기타를 악착같이 챙길 겁니다. 아주 그냥 밥 먹을 때도 기타를 안고 먹고요, 잘 때도 기타를 안고 자고요, 화장실 갈 때도 기타 챙겨갈 거예요. 언제 죽을지 모르니까 상시 기타를 안고 대기를 타는 거죠. 그래야 불시에 죽음을 맞이하더라도 이런 부고 기사가 나오지 않겠어요?

"뮤지션 요조는 징그럽게 앨범을 내지 않고 여기저기 한눈을 팔았으나, 죽는 순간까지 기타를 손에서 놓지 않았다. 그는 천생 뮤지션이었다."

신요조 씀

사십
대

경
선

요조에게

　정말이지 네 말대로 인생의 마지막 시간까지 자기가 좋아하는 일을 하다가 가는 게 가장 부러운 죽음이라고 생각해. 작가 무라카미 하루키의 단짝 일러스트레이터 안자이 미즈마루는 지난 2014년 막 71세가 되었을 무렵, 즐겨 모으는 스노볼이 한가득 장식된 자신의 작업실 책상에서 평소처럼 그림을 그리다가 의식을 잃었고 그대로 세상을 떠났어. 워낙 좋아하던 분이라 막 슬퍼해야 하는 게 맞는데, 슬픔의 감정보다 '와…… 그토록 멋쟁이로 살았는데 정말 끝까지 멋있구나' 싶은 순수한 놀라움과 부러움의 감정이 먼저 생기더라. 내겐 일과 사랑이 인생에서 가장 큰 부분인데, 안자이 미즈마루는 일도 한평생 현역으로 활기차게 해왔지만, 또 한편으로는 무라카미 하루키의 짓궂은 증언에 따르면 못 말리는 사랑꾼이기도 했거든.

장강명 작가님이나 박산호 번역가님이 여태 해오던 일을 앞으로도, 가능한 오래, 변함없이 지속하기 위해 자신의 일상을 재조정하는 이야기도 너무 좋았어. 나는 그렇게 주변의 소음에 아랑곳하지 않고 차분하고 냉철하게 자신을 끌고 앞으로 나아가는 사람들이 참 좋더라. 한 편 그분들 이야기에 비추어서 스스로를 돌이켜보니, 나는 한 번도 '내게 남아 있는 시간'이라는 것을 구체적으로 혹은 전체적으로 계산하거나 생각해본 적이 없네. 몇 살까지 살 수 있을까를 상상해본 적도 없어. 그저 막연히 우리 부모님 돌아가신 나이보다 굳이 더 살고 싶지는 않다, 정도야. 너도 알다시피 내 병원 정기검진이 1년 단위로 있다보니 나는 모든 것을 1년 단위로 끊어서 살아. 늘 한 해 계획만 세우고 그다음 일은 생각하지도, 상상하지도 않아. 장기계획이나 그랜드 마스터플랜이나 평생을 걸 라이프워크, 이런 것도 생각 안 해봤어. 그저 현재와 향후 1년에만 관심을 가지고 그 안에서 불필요한 것들을 제거해내고 챙길 것들을 최대한 심플하게 추려놓은 후, 그것들을 하나하나 나사를 조여가고 기름칠을 해가면서 사는 느낌이야. 물론 나이의 앞숫자가 바뀔 때는 적지 않게 긴장하게 되지만.

요조는 40대가 다가오는 게 두렵지 않아? 난 20대에서 30대가 되었을 때보다 30대에서 40대가 되었을 때가 훨씬 더 심란했던 것 같아. 앞에 4자가 붙어버리면 여자로

서의 인생이 끝날 것 같고, 외모도 확 늙어버릴 것 같고, 더이상 새로운 도전을 할 기세가 생길까 의심이 갔지. 뭔가 인생이 확연히 꺾이는 지점, 내리막길이라며 두려워했어. 하지만 웬걸, 그게 또 그렇지가 않더라고. 이게 지금 괜히 연하들에게 희망과 위로를 주려고 하는 말이 아닌 건 너도 잘 알고 있지? 난 그런 입 발린 위로, 젬병이잖아.

우리들의 인생에서 기력, 체력, 능력, 이 세 가지가 가장 적절한 균형을 이루는 지점이 40대가 아닐까 싶어. 감히 40대가 인생의 피크라고 말해본다. 하지만 그러기 위해서는 몇 가지 지점들이 '정돈'되어야 한다는 걸 알았어. 가령 이런 것들.

우선 40대가 되면 대개 자신의 가능성과 한계에 대한 객관적 평가가 가능해져(아니 정확히는 가능해야만 해!!!!). 극적인 변화나 기적은 사실상 일어나기 거의 불가능하거든. 속된 말로 자기 싹수를 자기도 아는 거야. 그러니 자기와 상황이 너무 다른 남들과 나를 비교하거나 질투하는 건 40대로선 해서는 안 되는 짓이야. 또한 이때는 여태까지 아무리 노력해도 치유하지 못한 내 안의 상처를 그냥 받아들여야 하는 시점이기도 해. 즉 오랜 상처를 그냥 나의 일부로서 가지고 살자고 결기 있게, 밝게 체념할 줄 알아야 해. 놓아줄 건 놓아주고, 보내줄 건 보내주고, 홀홀 털 거 다 털어버려야 하는 시기야. 아무튼 이런 내면의 대청소를 마친 상태에서 그렇다면 '앞으로의 내 인생을 어떻게 할 것인가'에 대한 생각을 정돈해야겠지. 나는 어떻게 살고 싶은지, 무엇이 나를 진심으로 행복하게 해주는지, 어떤 사람들을 가까이에 둘지, 대충 이맘때면 정리가 되어야 한다고 봐. 인생살이의 기본 방향성에 대한 방황은 더이상 질질 끌지 말고 아무리 늦어도 30대에선 끝내야 하지 않겠니?

하지만 이렇게 자신이 지향하는 바를 심플하게 추린다고 해도 자신의 생각과 취향을 지나치게 고집하느라 시야가 좁아지는 건 조심해야 할 것 같아. 예를 들자면 "아, 난 이런 타입과 안 맞아"라며 바로 사람을 판단하고 배제해버리거나, 나한테 어울린다고 믿는 옷스타일이나 헤어스타일만 고수한다거나(이 대목에서 왜 나 찔리지?). 40대가 되어 자신의 핵심 가치를 추리면 그것을 단단한 베이스로 두고 새로운 가능성과 변화를 모색해볼 수도 있다는 점을 간과해서는 안 돼. 사소하게는 평소 안 가본 장소에도 가보고, 안 입어본 색깔의 옷도 입어보고……

물론 사람이 단번에 변화를 수용하긴 힘들 수도 있겠고 억지로 할 필요까진 없지만, 새로운 시행착오에 도전해볼 수 있는 시기도 40대라고 생각해.

마지막으로, 아파트도 지은 지 40년쯤 되면 중간점검을 하고 필요하면 재건축을 하거든? 그것과 마찬가지로 사람도 그 나이쯤 되면 기초를 다시 다져야 하는 시점인 것 같아. 얼마 전에 네가 뜬금없이 60일 동안 영어일기를 하루도 빠짐없이 쓰는 프로젝트를 시작해서 마침내 60일을 채웠잖아. 나는 그 모습이 참 보기 좋았어! 누군가는 "뭘 이제 와서"라고 할지도 모르지만, 나는 기초체력이든 기초학습이든 마음의 근육이든 내가 퇴보하지 않기 위해 다시 단단히 다져서 다음 몇십 년을 대비해야하는 시점이 40대라고 본다. '담금질'을 통해 언제까지나 자기 자신을 놓아버리지 않겠다는, 포기하지 않겠다는 기분을 소중히 한결같이 유지해나갈 수 있었으면 좋겠어.

하나 확실한 것은 어쩐지 나이가 많아 보이는 마흔 살이 되었다고 당장 '불혹'이 되진 않아. 하긴 40대가 불혹이라는 것 자체가 말도 안 돼. 그건 역으로 40대가 가장 미친듯이 흔들릴 때라서 흔들리지 말라고 괜히 만들어놓은 말 같아. 내 주변에 흔들리지 않은 사람 단 한 명도 없었어. 아무튼 마치 치열한 젊음을 은퇴한 것처럼 초연해지거나 고민이 다 해결되거나 그러지 않아. 그리고 몇 살이 되어도 고민하는 것은 좋은 거야. 고민한다는 것은 생각한다는 뜻이니까. 고민을 하니까 우리는 스스로를 찾고, 조금 더 나은 사람이 되어가는 거야. 40대 되었다고 다 산 노인네처럼 굴지 말고 몸과 마음 둘 다 열심히 움직여야지. 에너지는 사용한 만큼 고스란히 순환돼서 내게 돌아오니까.

경선 씀

여태 해왔던 자신의 일을 돌연 그만두고
다른 것에 도전하는 것만 용기가 아니라,
여태 해오던 일을 앞으로도,
가능한 오래, 변함없이 지속하기 위해
자신의 일상을 재조정하는 것도
정말 큰 결단의 태도인 것 같아요.
말하자면 자신의 현실적인 한계를
직시하는 용기인 것이죠.

오랜 상처를
그냥 나의 일부로서 가지고 살자고
겪기 없게, 밝게
체념하는 줄 알아야 해.
놓아줄 건 놓아주고, 보내줄 건 보내주고,
훌훌 털 거 다 털어버려야 하는 시기야.

요
조

더
분발해서
방황할게요

제가 지난 언니 일기에서 나도 모르게 미소를 지었던 부
분이 있어요.

'나는 병원 검진을 1년 단위로 받다보니까 인생계획
을 장기적으로 짜본 적이 없고 언제나 지금 현재, 길어봤
자 향후 1년까지만 생각한다'는 부분이었는데요.

잘 어울릴 것 같지 않은 두 사람이 친하게 지낸다는 게
신기하다라는 말을 워낙 주변에서 많이 들었고, 저 스스
로도 언니랑 다른 점이 많다고 생각하면서도, 결정적으
로 저는 임경선과 절대로 떨어지지 않는 어떤 '지점'이
있다고 여기고 있었어요. 그 부분이 여기였구나, 하고
새삼 깨닫게 되었답니다.

자꾸만 재발하는 갑상선암 때문에 매년 검진을 받아
오면서 1년 너머의 삶에 대한 상상이 가능해지지 않는
언니처럼 저 역시 10년 전에 동생을 사고로 잃게 되면서
사람이 얼마나 아무 이유 없이 간단하게 이 세상에서 소
멸해버릴 수 있는지, 그 부재가 너무나 깊이 각인되어버
리는 바람에 장기적인 인생의 계획을 짜는 일이 불가능
해져버렸거든요. 매일 죽음에 대해서 생각하게 되고, 최
대한 고통받지 않는 방법으로 죽었으면 하고 소원하게
되고, 내일이라도 나는 동생처럼 갑자기 죽을 수 있다는

사실을 제법 현실적으로 감각하면서 살고 있어요. 그러다보니 어떻게 보면 '별수없이' 현재에 충실해지는 사람이 되었는데, 이런 저와 언니의 태도가 깊은 곳에서 잘 맞았던 것이 아닌가 싶어요.

물론 깊은 곳에서만 잘 맞았지 얕은 곳에서 우리는 많은 게 잘 안 맞는 것 같긴 해요. 제가 제 오른팔을 제 동생 수현을 생각하며 타투로 도배하고 가끔은 고수가 너무 맛없어서 싫다는 사소한 이유로 커다란 고수나물을 귀 아래 새기기도 하면서, 피부라는 거 그냥 죽으면 썩는 거다, 노는 땅이다 이렇게 말하는 거 언니는 잘 이해 못하잖아요. 저도 언니가 왜 반복적으로 똑같은 스트라이프 티셔츠를 사는지, 왜 반복적으로 흰 운동화를 사는지, 심지어 똑같은 게 있다면서 나를 하나 주고 왜 또 똑같은 옷을 사는지 정말 이해가 안 가거든요. 며칠 전만 해도 그래요. 아니, 새 책이 나왔으면 자기 새 책 홍보를 해야지 인스타그램에 운동화사이트에서 파격세일한다고 운동화 사자고 사이트 홍보를 하고 계십니까요!

하나의 통일된 시간의 흐름을 눈으로 좇아가며 우리는 타인과 약속을 하고, 비행기나 영화 예매를 하고, 잘 시간을 정하고, 일어날 시간을 정하면서 하루하루를 보내지만, 정작 자기 인생에서는 제각각의 시계를 차고 있는 것 같다는 생각이 들어요. 지난번에 말씀드렸던 장강명 작가님이나 박산호 번역가님처럼 자신에게 남아 있는 전 생애를 추정해서 계산하는 시계를 보는 사람이 있는가 하면, 언니나 저처럼 1년 정도의 시간만 계산이 가능한 시계를 차고 사는 사람도 있는 것 같고. 중요한 것은 내가 시간을 어떤 방식으로 운용하면서 사는 사람인지, 혹은 어떻게 운용하면서 살고 싶은지를 분명하게 파악하는 일일 텐데, 지난 언니 일기에 따르면 그것이 40대에 어느 정도 정립되어 있어야 한다는 말이겠지요. 저는 아직 40대가 되려면 반년 남았으니까 좀더 방황을 해볼게요.

실은 저축상품이라는 것에 가입해봤거든요. 언니도 알다시피 저도 재테크랑은 거리가 먼 사람이잖아요. 그런데 은행에 갈 때마다 자유롭게 돈이 들어오고 빠져나가는 제 유일한 통장에 있는 이 돈들을 분산해서 투자해보라는 권유를 끈질기게 받아왔어요. 저답지 않게 결국 1년짜리 상품에 두 달 치 카드값을 빼고 전부 다 넣어버린 게 얼마 전이에요. 그리고 한 달 치 카드값이 며칠 전에 빠져나갔고요.

저는 그동안 저보다도 돈을 잘 버는 것 같은 사람들이 돈이 없다고 말하는 것에 좀 의아한 마음을 갖곤 했었는데요. 그게 무슨 말인지 이제 알았어요. 저도 지금 통장에 딱 한 달 치의 카드값만 남아버리니까 확실히 씀씀이가 엄청 쪼잔해지고, 스스로 가난한 사람처럼 여겨지고, 뭔가 더 분발해서 일해야만 할 것 같은 거 있죠. 이런 식으로 사람이 돈 버는 일에 점점 더 연연하게 되는 것일까, 하는 생각도 조금 하게 됐어요. 또 모르죠. 1년 뒤 마흔 살이 된 신요조는 그야말로 '금리의 맛'을 알아버려서 늘 차오던 시계를 다른 시계로 바꿔 차고 10년 뒤, 20년 뒤까지 바라보는 사람으로 거듭나게 될지도!

신요조 씀

몇 살이 되어도 고민하는 것은 좋은 거야.
고민한다는 것은 생각한다는 뜻이니까.
고민을 하니까
우리는 스스로를 찾고,
조금 더 나은 사람이 되어가는 거야.

하나의 통일된 시간의 흐름을 눈으로 좇아가며
우리는 타인과 약속을 하고,
비행기나 영화 예매를 하고,
잘 시간을 정하고,
일어날 시간을 정하면서
하루하루를 보내지만.
정작 자기 인생에서는
제각각의 시계를 차고 있는 것 같다는 생각이 들어요.

경
선

이사
준비와
야무진
업무메일

요조에게

너와 나의 공통점이 '1년 너머의 삶을 상상하지 않는 것'이라니 어쩐지 나도 외롭지 않고 좋네. 아이러니하지만 죽음을 의식할 때 사람은 현재를 보다 생생하게 살아가려 하고, 아낌없이 감정이나 감각을 그대로 받아들이게 되는 것 같아. 내게 어쩌면 내일이 없을지도 모른다는 절박감이 자신의 감정에 솔직하게끔 만드는 거라고 생각해.

그나저나 40대가 되기 전에 방황하는 것도 좋고, 난생처음 공격적인(다시 말해 돈이 빠질 가능성도 다분한) 은행 저축상품에 가입한 것도 좋은데, '금리의 맛' 같은 표현을 즐겁게 쓰기에는 지금도 여전히 은행금리가…… 몹시 좋지 않아. 물론 그냥 일반통장에 넣어두는 것보다야 낫겠지만.

내가 이렇게 거들먹거리는 이유는 최근 들어 본의 아니게 '부동산'에 대해 조금씩 알게 되어서인 것 같다. 올해 말에 아무래도 이사를 가야 할 것 같거든. 내 경우 윤서의 중학교 진학과 맞물린 문제이기도 해서 고려해야 할 요소들이 많아서 골치가 아파. 일단 어느 동네로 갈 것인가부터 솎아내야 하기 때문에 매주 이틀씩은 부동산업계 용어로 소위 '임장' 아파트 현장조사에 할애하고 있어. 물론 직접 보러 가서 분위기를 살피기 전에도 몇 가지 부동산 앱으로 관심 가는 동네 아파트의 가격, 향후 전망, 아파트 내부구조, 주변 학군과 편의시설, 실거주자 리뷰 등을 결막염 생길 때까지 검색해봐. 너 나 알지? 쿠션커버 하나 살 때도 2천 개쯤 검색해보고 사는 이상한 사람인 거…… 정말 이거 한번 검색하기 시작하면 다른 일 아무것도 못 할 지경이야.

그나마 내 주변의 부동산 고수 두 분이 과외교사처럼 딱 붙어서 벼락치기 시험공부를 도와주셔서 내 나름대로 단기간 내에 흐름을 파악하게 되었지. 심지어 나 짧은 기간에 학습이 매우 빠르다며 칭찬도 받았다. 이젠 적어도 부동산 가격이 왜 저렇게 책정되었는지 그 이유가 파악이 되고, 부동산으로 재테크하기 위해서는 번거로운 이사를 불가피하게 자주 다녀야 한다는 것, 금리가 낮은 지금 같은 때에 은행대출을 받아 그걸로 임대사업자 등록을 해서 월세 수입을 노리는 것이 은행 저축상품보다 남는 장사(월세 수입이 대출이자보다 높으니까)라는 것도 알게 되었고. 부동산업계 줄임말도 제법 알아듣게 되었어. 요조야, 너 '아리팍'이 뭔지 아냐? 반포에 있는 '아크로리버파크' 아파트야. '아리뷰'는 '아크로리버뷰' 아파트, '반래아'가 '반포래미안아이파크' 아파트, '반푸써'가 '반포푸르지오써밋'의 줄임말이더라? 이제 강남엔 한글 이름을 가진 아파트가 거의 사라져가고 있어.

하지만 '아는 것'과 그것을 실제로 '하는 것'은 또다른 문제더라. 그렇게 하면 경제적 이득을 누릴 것을 빤히 알면서도 그렇게 하지 않는 선택, 이라는 것도 있으니까. 인간의 욕구는 저마다 복잡하고 반드시 합리성에만 있는 건 아니니까. 머리로는 부동산을 이용한 재테크가 좋다는 걸 알면서도, 나는 앞으로도 예전처럼 그저 열심히 책 쓰고 가끔 행사 뛰면서 티끌이라도 가능한 한 많이 모으고, 그와 동시에 덜 소비하고, 행여 목돈이 생기면 그냥 1년짜리 은행예금이나 들고 말 공산이 지금으로서는 큰 것 같아. 자세히 들여다보면 세상엔 공짜가 없거든. 불로소득? 그게 말처럼 쉽지 않아. 이익을 얻으면 그만큼 뭔가를 희생하거나 포기하게 되어 있어. 아무튼 평소 안 하던 짓 하려니까 내가 요새 아주 녹초가 되어버렸어. 아, 난 아무리 미친듯이 검색하고 '어쩌면 미래의 부동산 전문가' 소리 들어도 심리적으로 너무 부대껴서 부동산으로 돈 벌기는 아무래도 글러먹은 것 같아. 차라리 행사 하나 더 뛰고 말지.

'행사 뛰는' 이야기를 하다보니 문득 너와 내가 섭외메일을 서로에게 보여주면서 "이것 좀 읽어봐줘. 좀 쎄~하지 않냐? 이 일 받을까 말까?"라며 서로의 의견을 묻곤 하던 게 생각난다. 10년 넘게 여러 곳에서 업무메일을 받다보면 아무래도 감이 오지. 이참에 한번 내 주관적인 생각을 정리해볼까?

우선 일 잘할 것처럼 보이는 업무메일의 특징.
　1. 거두절미, 심플&클리어. 용건을 명료하게 알려준다. 하나 마나 한 불필요한 단어는 다 빼지만 대신 상대가 궁금해할 만한 정보(행사의 취지, 일시, 장소, 페이, 행사에 같이 등장하는 다른 분들이 누군지, 행사에 오시는 손님들은 어떤 분들인지, 어떤 방법으로 모객이 되는지, 주최측이 내게 원하는 방향성이나 톤 등)는 빠짐없이 들어가 있다.
　2. 또한 여기에는 왜 반드시 나를 섭외해야 하는지에

대한 합리적 이유를 제시해주면 더 좋은 것 같아. 왜냐하면 그건 나에 대해 사전에 충분히 파악했다는 것이고 내가 그 일에 적합한 사람이라는 안도감을 주니까.

3. 주소를 적어줘야 할 때 우편번호까지 적어주는 사람은 무조건 신뢰가 간다.

4. 단락 나누기가 제대로 되어 있다. 단락 나누기를 제대로 했다는 것은 자신이 하려는 업무를 제대로 장악하고 있음을 보여준다. 상대가 읽고 이해하기 편하도록 배려한 것이기도 하고. 한 문단의 첫 단어와 마지막 단어가 특히 적확하고 좋으면 아, 이 사람 일을 잘할 뿐만 아니라 센스도 있구나, 라고 느낄 수 있지.

자, 그리고 이번에는 느낌이 썩 좋지 못한 업무메일의 특징.

1. 문장 끝마다, 혹은 문장 중간중간에 '스마일' 이모티콘이 너무 많다.

2. 문장 끝마다, 혹은 문장 중간중간에 '물결무늬'가 과다하게 사용된다.

3. 문장 끝마다, 혹은 문장 중간중간에 '말줄임표'가 과다하게 사용된다.

그런데 지금 '스마일' 이모티콘, 물결무늬, 말줄임표 이렇게 나눠서 말했지만, 사실 저것 중 하나를 하는 사람은 대개 나머지도 다 하더라고. 아무튼 일을 깔끔하게 못 하는 사람일수록 뭐가 치렁치렁 잔뜩 붙어 있어.

4. (우리 같은 대중 상대 직업의 경우) 다짜고짜 "팬입니다"라고 하면서 환심을 사려는 게 훤히 보일 때. 가령 정말 내 팬이면 내가 그런 멘트 싫어하는 거 알 만하거든? 특히 팬이라고 하면서 굳이 가장 최근에 활동한 내용을 언급하면 그건 대충 급하게 검색해서 집어넣은 거지.

5. 이메일을 보내놓고선 '보다 자세한 사항은 유선으로 통화하자'고 할 때. 혹은 '한번 만나뵙고 자세히 말씀드리고 싶다'고 할 때는 요주의야. 이미 제안해야 할 업무테두리가 깔끔하게 메일로 정리되어 있으면 굳이 전화나 미팅이 필요 없거든. 특히 미팅 요청은 오히려 내 시간과 아이디어만 빼앗길 공산이 크지.

6. 자기 이름 뒤에 직급/직함/타이틀을 붙여서 자기소개를 하는 분들. "안녕하세요, 저는 땡땡 회사의 신요조 과장입니다." 직함은 맨 아래 연락처에 '내성적으로' 집어넣는 게 좋아 보여. 물론 개인 취향이야.

7. 섭외하면서 돈에 대한 이야기를 안 하는 메일. 그래

서 꼭 다시 이쪽에서 먼저 돈에 대해 질문을 하게 만드는 메일. 대개 이런 경우 해당 노동에 합당하지 못한 금액을 제시하거나 혹은 아예 돈을 안 주려고 하는 곳일 가능성이 큼.

8. 마지막으로 왜 가끔 이메일 하단에 붙박이로 자기 회사명과 자기 이름, 그리고 연락처 박아놓은 분들 있잖아. 뭐 그건 괜찮은데, 거기에 경구나 명언 써놓으면…… 곤란해. 그런 분들, 주로 자신이 써놓은 내용과 실제 하시는 행동들이 정반대더라고.

하지만 아무리 이상한 업무메일이 온다고 해도 한편으로는 프리랜서 입장에선 나를 찾아주는 일이 그저 고맙다는 생각이 들어. 사실 나 따위가 뭐라고, 내가 그 일을 잘할 수 있을 만한 사람도 아닌데…… 난 프로필사진과 실물이 정말정말 다른 사람인데…… 남들이 나를 과대평가해서 이런 일을 맡기는 거 아닐까 그런 생각이 들 때도 있거든. 그렇다 치면 이렇게 사람들 앞에 드러나는 일을 하는 입장에서는 '내가 보는 나의 능력'과 '남들이 기대하는 나의 능력' 사이에 괴리가 좀 있는 것도 같아. 어쨌거나 남 탓할 시간에 나나 잘해야겠다 싶기도 한데,

이렇게 좋게 좋게 마무리하려는 내가 지금 좀 어색하네?

그래, 역시 지뢰는 피하도록 하자.

경선 씀

자꾸만 재발하는 갑상선암 때문에
매년 검진을 받아오면서
1년 너머의 삶에 대한 상상이 가능해지지 않는 언니처럼
저 역시 10년 전에 동생을 사고로 잃게 되면서
사람이 얼마나 아무 이유 없이 간단하게
이 세상에서 소멸해버릴 수 있는지,
그 부재가 너무나 깊이 각인되어버리는 바람에
장기적인 인생의 계획을 짜는 일이 불가능해져버렸거든요.

너와 나의 공통점이
'1년 너머의 삶을 상상하지 않는 것'
이라니 어쩐지 나도 외롭지 않고 좋네.
아이러니하지만 죽음을 의식할 때
사람은 현재를 보다 생생하게 살아가려 하고,
아낌없이 감정이나 감각을
그대로 받아들이게 되는 것 같아.
내게 어쩌면 내일이 없을지도 모른다는 절박감이
자신의 감정에 솔직하게끔 만드는 거라고 생각해.

요조

어쩔
수
없이,
나

책방을 하면서 제가 미처 예상하지 못했던 게 한두 가지가 아니지만, 그중에 하나는 이렇게 폭발적인 이메일 업무에 싸여 살게 될 줄 몰랐다는 점이에요. 책을 서점에 들이고 싶다는 입고 요청 메일부터 왜 정산을 해주지 않냐는 항의 메일, 무슨무슨 책이 있느냐는 문의 메일, 그 외 이런저런 메일들을 매일같이 받고 또 저 역시 그만큼의 많은 메일을 정말 많은 사람들에게 쓰면서 지내고 있어요. 그러면서 새삼스럽게 깨우친 옛 속담이 하나 있어요. "말 한마디로 천냥 빚을 갚는다"는 속담인데요. 저는 옛날부터 이 속담을 떠올릴 때마다 대체 '무슨' 말로 천냥 빚을 갚을 수 있다는 것일까 생각하곤 했는데, 이메일을 오랫동안 주고받으면서 자연스럽게 깨달았어요. '무슨' 말이 아니라 '어떻게' 하는 말이냐의 문제라는 것을요. 같은 말도 어떻게 하느냐에 따라 천냥 빚을 갚을 수도, 천냥 빚이 만냥 빚이 될 수도 있다는 걸 실감하면서 저 역시 메일을 보내는 일에 옛날보다 더더욱 신중하게 됐어요.

그래서 언니가 아주 일목요연하게 정리한 훌륭한 이메일의 예, 훌륭하지 못한 이메일의 예 하나하나에 저는 생일케이크에 딸려나오는 폭죽이 된 것처럼 짧고 시원하게 빵빵 터졌답니다. 저는 그럼 언니의 이야기를 받아서 제가 그동안 갈고닦은 이메일 화법의 수련방법을 조금 공개할까봐요.

제가 이메일을 보낼 때 유념하는 사항은 두 가지예요.

첫째, 아무도 기분이 상해서는 안 된다.

둘째, 이모티콘을 문장으로 표현해본다.

항의의 메일이랄지, 혹은 제가 보낸 메일을 충분히 주의깊게 파악하지 못한 답장 메일을 받게 되는 경우가 왕왕 있어요. 그런 경우 저도 순간적으로 욱하게 되는데요. 그 마음을 고스란히 담아서 메일을 보내면 상대방과 내가 둘 다 불쾌해질 수밖에 없어요. 빡친 마음을 잘 숨겨보려고 해도 은근한 비아냥으로 문장 속에 스밀 가능성이 높고, 그걸 상대방도 분명 눈치채거든요.

저는 그래서 누군가의 메일을 받고 기분이 나빠졌을 때 답장을 일부러 천천히 보내려고 해요. 상대방의 심정을 조금 헤아려보면서 상황을 객관적으로 바라보는 거죠. 어쨌든 중요한 것은 상대방과 내가 추구하는 공동의 목적이 성공적으로 달성되는 것이므로 거기에 집중하려고 노력해요. 어떻게 하면 피차 기분 상하지 않게 이 목적을 이룰 수 있을까에 초점을 맞추면서요.

물론 아무리 침착하고 냉정하게 생각해봐도 명백하게 상대방이 잘못한 경우도 있을 텐데, 그런 경우에는 오랫동안 생각해보았지만 당신이 이번에 잘못한 것 같다, 라고 덤덤하게 알려주거나 아니면 그냥 답장할 가치도 없다고 봐야 하지 않나 싶어요.

그리고 두번째, 이모티콘을 최소화하는 연습을 꾸준히 하면 좋아요. 보통 우리가 이모티콘을 쓰는 경우는 고맙거나 기쁜 마음을 표현하기 위해서, 혹은 난처하거나 미안한 마음을 표현하기 위해서 등등 자신의 감정을 손쉽고 즉각적으로 연출해야 할 때인데요. 이걸 문장으로 표현해보는 연습을 하면 받는 사람 입장에서는 '아, 이 사람이 아주 공들여서 이 메일을 썼구나' 하는 느낌을 받을 거예요.

예를 들어서 "작가님~~ 너무 오랜만이에요^^ 잘 지내셨어요?^^"처럼 반가움을 드러내기 위해 소환한 물결표시와 웃음표시를 저라면 이렇게 없애보겠어요. "작가님, 지난번 어디어디 행사장에서 뵙고 거의 반년 만에 연락을 드립니다. 언제 작가님을 또 뵐 수 있을까 싶었는데 이렇게 또 연락을 드릴 수 있게 되다니, 정말 꿈만 같은 마음으로 이 글을 쓰고 있습니다. 그간 잘 지내셨지요?"

라고요.

무례하고 멍청한 메일을 받아서 화가 도저히 다스려지지 않을 때 가끔 시도해볼 수 있는 또하나의 방법을 소개해보자면, 솔직한 자신의 분노와 화를 다 담아서 메일을 쓰는 거예요. 그리고 그 메일을 당사자가 아닌 지혜로운 친구에게 보내는 거죠. 제가 예전에 그런 메일을 언니한테 한 번 보낸 적이 있죠?

그때 언니가 저에게 그랬죠.

"수진아, 이 메일, 그 사람에게 보내면 안 된다. 절대 보내지 마. 이래봤자 너에게 득 될 거 하나 없다."

그 조언 덕분에 저는 별 탈 없이 관련 일을 문제없이 성사시킬 수 있었고, 결과적으로 돈도 무사하게 벌 수 있었어요.

그나저나 그 지혜로운 친구는 요즘 몇 날 며칠을 '아리팍'으로 '반푸써'로 '임장'을 뛰고 있는데 제가 그 앞에서 감히 '금리의 맛' 운운했네요. 제가 형님 앞에서 너무 건방을 떨었습니다, 용서해주세요.

부동산으로 돈을 버는 사람의 이야기는 저도 가끔 들은 적이 있어요. 예컨대 대출을 얻어서 몇억짜리 집을 산

다음에 그 집 가격이 몇 배가 오르면 그걸 팔아서 또다른 집을 사서 이사한 다음에…… 블라블라.

잠깐이지만 차원이 다른 돈의 흐름을 엿본 언니의 소감, '아, 나는 그냥 행사 하나 더 뛰고 말겠다'라는 그 문장에 저 역시 백 퍼센트 동감해요.

정말 세상에 공짜는 없고, 주식이든 부동산 투자이든 개인의 시간과 노력이 필요하지 않은 일은 없는 것 같아요. 제 주변에 주식으로 돈을 버는 친구들이 있는데요. 옆에서 보면 절대로 편하게 돈을 번다고 말할 수는 없겠더라고요. 제가 글을 쓰느라 모니터를 인상 쓰고 들여다보는 것처럼 그 친구들은 주식 투자에 대해 공부하고 또 비교하고 자신의 주식을 사고파는 타이밍을 보느라고 저처럼, 아니 어쩌면 저보다도 오랜 시간 모니터를 인상 쓰고 들여다보는 것 같았어요.

무엇보다 내 인생이 펼쳐지는 토양을 개간하기 위해서 시간을 어떻게 운용해야 하는가를 따져볼 때, 원고 한 장에 급급하고 노래 한 곡을 땀땀이 메꿔나가는 것이 요 조라는 땅에는 가장 적절한 조치라는 것을 알게 되었어요. 비록 그것이 상대적으로 작은 파이라고 할지라도 어쩔 수 없는 일인 것 같아요. 점점 이 어쩔 수 없다는 사실을 여러 갈래로 명백하게 체험하게 돼요. 책을 한 권 읽을 때도 손에 잡히는 대로 덥석 잡아 읽기보다는 이중에 어떤 책이 지금의 나에게 가장 필요한가를 따져보게 되고, 사람을 만나는 자리가 있어도 지금의 나에게 이 자리가 유용한가를 따져보게 돼요. 이런 선택들이 정확히 어떤 기준으로 이루어지는 것인지에 대해 뚜렷하게 설명할 수는 없어요.

저는 정말 제가 어떤 사람인지, 어떤 사람이 되고 싶은지 잘 모르겠거든요. 매 순간 저는 주변의 환경에 휘둘리기만 해요. 세상은 무의미하다는 소설을 읽으면 저도 덩달아 삶은 무의미하다고 믿다가도, 감동적인 영화를 보고 나면 삶 이곳저곳에 흩어져 있는 의미를 감각하게 돼요. 어제는 좋았던 사람이 오늘은 갑자기 미워지기도 하고요, 어제는 결코 동의할 수 없을 것 같던 의견을 오늘은 갑자기 이해할 수 있게 돼요. 이렇게 이랬다가 저랬다가 하다보면 어떤 순간, 사람들이 저에게 '요조답다' '신수진답다'라고 말해요. 그럼 저는 언제나 기가 차서 반문해요. 나다운 게 대체 뭐냐고. 나답다라고 말할 수 있을 만한 어떤 태도가 나로부터 반복되고 있는 거냐고.

오늘날까지도 제 고민의 모이가, 제가 마시는 맥주의

안주가 '나다운 게 무엇인가'라는 질문이지만, 여전히 오리무중이에요. 다만 제가 겨우 아는 것은 나는 나를 모른다는 것, 그저 나도 어쩔 수 없는 나의 선택들이 있다는 것, 그리고 그런 나의 누적된 선택들이 나를 더욱 나로서 만들어준다는 것뿐이에요.

참, 저 어제 생일이었어요. 생일날 하루에 대해 기록해두고 싶은데 시간이 없네요. 흥미로운 하루였던지라 대충이나마 써둘래요.

1. 반년간의 채식생활에 쉼표를 찍었다. (마침표가 아님.) 곱창을 먹었다. 나는 한 마리의 짐승이었다. 곱창이 나였고 내가 곱창이었다. 나는 죄 없는 사람이 가지고 있을 무결함의 도취를 늘 경계한다. 악착같이 채식을 했다면 나는 고기 먹는 사람들을 혐오할 가능성이 높다. 그것을 미연에 방지하기 위해 내가 나를 더럽힌 것이다. 인간에게는 죄가 필요하다.

2. 생일 축하메시지의 내용이 친밀도와 약간 반비례하는 양상이 있었다. 즉 친밀도가 높은 사이에서는 간단하게 축하한다 말하거나 특별한 축하인사 없이 "뭐 사줘?" 묻

는 식이었는데, 친밀도가 약간 낮은 사이에서는 아주 다정하고 속 깊은 메시지가 오는 경우가 잦았다. 인간에게는 거리감이 필요하다.

3. 인간에게는 카카오톡 기프티콘이 필요하다.

4. 인상 깊은 사람

엄마—생일날 아침에 자기가 만든 생일노래를 녹음해서 보내줌. 아침부터 한참 눈물바람.

봉수씨—생일 당일에 축하해주면 자기가 묻힐까봐 전날 축하함. 관종임.

첫사랑—고딩 때부터 10년 가까이 만나다보니 생일을 잊으려야 잊을 수 없다며 매년 축하해준다. 고생이 많다.

가장 오래되고 친한 친구 김상희—연락 없음.

한지웅—끈질기게 갖고 싶은 걸 물어봐서 카뮈 책 아무거나 사달라고 했더니 책방 주인한테 책선물을 해야 하냐며 나한테 좀 실망하는 것 같았다.

시즈카—생일날 페메를 보내주셨다. 별말 안 하신 거 같은데 이게 이 정도로 감동받을 일인가 싶을 만큼 울렁했음. 선수인가봄.

은행나무 이진희 이사님—정유정 작가님과 눈을 맞출 수 있는 역대급 생일선물을 마련해주셨음.

결심

- 또 1년간 묵묵하고 조용하게 채식을 실천하다가 내년 생일에는 팟캐스트 팀원들과 곱창을 먹기로 오늘 약속함.
- 좀더 다정하고 깊이 있는 메시지를 받기 위해 사람들과 더 거리를 두어야겠음.
- 생일선물로 책은 적어도 나에게는 좋은 선택이 아닌 것 같음. 확실히 선물하는 사람이 재미없어함.

신요조 씀

경
선

사랑을
더
하고
더
괴로워하겠어

요조에게

요즘 뒤늦게 읽는 책 중에 줄리언 반스의 『연애의 기억』
이 있어. 커버를 넘기면 아주 인상적인 첫 구절이 나와.

사랑을 더 하고 더 괴로워하겠는가, 아니면 사랑을 덜 하고
덜 괴로워하겠는가? 그게 단 하나의 진짜 질문이다, 라고
나는, 결국, 생각한다. ◆

사랑이 없다면 적적하더라도 자유롭고 평화롭겠지. 그
러니 사랑하지 않고 상처받지 않겠다고 하는 사람들의
마음도 이해할 수 있어. 심장이 너무 아프잖아. 너무 괴
로워서 다시는 그 누구에게도 마음을 줄 생각을 못 하
지. 겁부터 덜컥 나고. 그래, 아무리 사랑해도 이별이 필
연이라면, 처음부터 사랑하지 않는 편이 평온하긴 할 거
야. 요새는 그런 식으로 태생이 불완전할 수밖에 없는
사랑을 처음부터 체념해버리는 사람들이 많아진 게 아
닐까.

◆ 줄리언 반스, 『연애의 기억』, 정영목 옮김, 다산책방, 2018, 13쪽.

우리가 살아가는 이 인생에는 여러 가지 이별은 필연적으로 오기 마련. 끝날 거라는 쓸쓸한 전조를 주는 이별도 있고 하루아침에 돌연히 겪는 이별도 있어. 한 가지 분명한 것은 자기가 나서서 사랑을 많이 하든 안 하든, 누구나가 자기 인생 안에서 힘든 이별을 몇 번씩은 겪게 된다는 거야(이건 피할 수 없어). 하지만 어떤 사람을 좋아하고 사랑하는 것은 그 사람이 없어지는 상황까지도 포함해서 좋아하고 사랑하는 거 아닐까. 어찌 보면 좋아하고 사랑하니까 이별의 슬픔과 고통까지도 포용할 힘을 가지게 되는 것 같아. 더 나아가서는 상대를 슬프게 하기보다 차라리 내가 슬픈 쪽을 선택하고 싶어지는 마음.

예전에는 상처 없는 사랑은 없다며, 누군가를 사랑하는 것은 이별의 고통을 각오하지 않으면 안 되는 것이라고 말했는데, 지금은 '각오'라는 비장한 다짐보다 어쩐지 애초에 항복하듯 '수용'하고 시작하는 것이 사랑이 아닐까 싶네. 좋아하는 사람 앞에서는 절로 약해지잖아. 그것이 전혀 흉이 아니고. 아무튼 이별이 온다고 해도 그 슬픔이 고통스러워서 사랑하지 않는 게 아니라 언젠가 이별이 올 것까지도 받아들이며 사랑할 수 있었으면 좋겠다.

죽음이 있는 한 어떤 형식으로든 이별은 오기 마련인데, 그렇다면 헤어지는 날까지는 이별 따위 생각하지 말고, 지금 그 사람을 한껏 많이 사랑할 수밖에 없지. 이별을 두려워하면서 미리 미래를 섣불리 읽으려고 하거나 대비하기보다 지금 사랑하는 사람의 곁을 지키면서 행복을 더 느낄 수 있다면 좋겠어. 지금의 이 행복은 지금만 느낄 수 있는 것이니까. 사람으로 태어나서 깊고 강렬한 감정을 느끼는 것은 대단한 일이고, 그것은 그리 쉽게 찾아오는 일은 아니더라. 나는 일에 대해서는 나중이나 미래를 위해 지금 다소 무리하고 담금질하는 편을 선택하는데, 사랑할 때는 내일 따위 고려하지 않고 '지금' 내가 행복한 쪽을 고르는 편이었어.

한 사람과 오래도록 만나는 일도 그 나름대로 가슴 아릿한 일이겠지만, 그건 바라는 바대로 되는 게 아니잖아. 과거에는 무조건 한 사람을 오래 사귀는 것이 미덕처럼 여겨졌지만(반면 이 사람 저 사람 두루 사귀면 헤프다고 손가락질했지), 나는 과거에도 그건 너무 '보살'이 아닌가 싶었어. 오히려 그 미덕을 위해 인내심을 과하게 발휘한 게 아닐지, 어떤 사람이 자기한테 정말 잘 맞는지를 제대로 알지도 못하고 정착해버리는 게 아닌지, 하고 말야.

옷도 여러 스타일을 걸쳐보면서 자기한테 어울리는 스타일을 발견하듯이, 친구나 연인도 마찬가지 같아. 그러니까 사랑과 만남과 이별에 대해 너무 과민하거나 타인의 시선을 의식할 필요가 없다고 생각해. 딸아이가 나중에 커서도 자기 마음 가는 대로, 직성이 풀리는 대로 만나고 부딪쳐주길 바라고 있어. 그 과정에서 기왕이면 다음 세 가지 유형의 남자를 두루 겪어봐도 좋지 않을까 생각도 해봐.

첫째, 아주 '어른'인 남자. 실제로도 나이가 나보다 위인 경우가 많겠지. 차분하고 지적이고 자신이 하는 일에 유능해. 리드하지만 어디까지나 부드럽고 여유 있게. 그 사람과 같이 있으면 내가 절로 많은 것들을 배우고, 그를 통해 내가 한 명의 여자로서 더 성숙해지는 기분이 들기도 해. 의지가 되는 한편 새로운 세상을 보여주는 놀라운 사람.

둘째, 친구 같은 '또래' 남자. '어른 남자' 앞에서 긴장했다면 '또래 남자'는 그저 편하고 재밌지. 가끔 '어른 남자'가 하는 소리가 꼰대처럼 들리기도 하고 결국 그가 나보다 자신의 사회적 지위를 더 신경쓴다는 느낌이 들 때 서운하다면, 동시대를 살아가는 이 남자와는 세대 차도 느껴지지 않고 공통관심사도 많아서 같이 즐겁게 노는 일이 가능하지. 새삼 세상에서 일컫는 평범한 연애가 가장 온전한 연애라는 생각도 들고. 이러다 결혼도 하면 평생 베프처럼 살겠네, 싶어 혼자 흐뭇해져.

마지막으로 셋째, 매력적인 '연하' 남자. 계절로 치면 '여름'처럼 싱그럽고 눈부신 남자. 어느 순간 '또래 남자'가 나에게 라이벌의식과 자격지심을 느끼는 것만 같고, 여자의 성공을 순수하게 기뻐해주지 못하는 속 좁은 모습을 보여서 좌절하게 될 때, 연하 남자는 쓸데없는 자존심이나 허세를 내세우지 않아서 좋다. 또래 남자와는 한번 붙으면 서로 호락호락 물러나질 않아 피곤하게 끝까지 싸우지만 상대가 아주 연하이면 어쩐지 많은 것들이 용서가 되고, 어깨에 힘들어갈 일도 없으니 애초에 싸울 일이 없어서 신기해. 세상의 많은 것들이 뻔하거나 속물처럼 느껴질 때 연하 남자의 순수함과 열정에 감동하게 되고.

하지만 연하 남자 역시도 뒤집어서 생각해보면, 때로

는 자신이 연하인 점을 교활하게 악용하는 아이도 있을
지 몰라. 어느새 나는 단지 경제적 부담을 더 많이 하는
것을 넘어 마냥 책임지고 포용해줘야 하는 '이해심 깊은
여자'의 역할을 강요받고 있을지도. 관대한 것도 좋지만,
기본적으로는 정직하게 웃고 울고 화내고 감정을 있는
그대로 다 표현할 수 있어야 할 텐데, 그 아이의 불안함
을 내가 대신 떠안게 되는 게 현실이지. 내가 어른이니까
더 참고 더 품어주었다 한들, 연상 애인의 응원을 먹고
자란 그 아이는 어느새 제 또래의 젊은 여자애한테 훨훨
날아가버릴지도 몰라. 그렇게 되면 나를 다독여주는, 하
물며 나를 '젊고 어리다'고 봐줄 '연상 남자'가 다시 좋아
질까.

대체 나는 지금 무슨 얘기를 하려는 걸까. 그래, 결국 그
누구와 연애한다고 해도 단물과 쓴 물, 그 번잡함이 사랑
과 연애의 본질. 그 모든 달콤하고 쓰라린 가능성을 다
받아들일 수 있어야 하는 것이 우리에게 주어진 엄중한
조건. 그렇다 하더라도 내 몸에서 심장의 위치를 정확하
게 알게 해주는 사랑과 연애는 역시 나는 좋은 거라는 생
각이 드네. 이렇게 생긴 걸 나도 어쩌겠니. 그러니 새삼

스럽지만 나는 줄리언 반스의 질문에 이렇게 대답할 수
밖에.

사랑을 더 하고 더 괴로워하겠노라고.

경선 씀

요
조

괴로울 수
없는
괴로움에
대하여

사랑을 더 하고 더 괴로워하겠는가, 아니면 사랑을 덜 하고
덜 괴로워하겠는가?

줄리언 반스의『연애의 기억』에 나오는 구절이라고요.
저는 아직 그 책을 읽어보지 못해서 거기 나오는 사랑이
어떤 모습을 하고 있는지 전혀 짐작할 수 없지만, 음, 이
문장은 은근하게 무서운 데가 있네요. 얼핏 둘 중에 하나
를 선택하게 하고 있지만, 결과적으로 이 문장을 통해 우
리가 깨닫게 되는 건 괴로움 없는 사랑이란 있을 수 없으
니 그런 줄 알라는 단호한 경고이니까요.

　저 문장을 시작으로 아름답고 슬픈 서사가 줄리언 반
스라는 훌륭한 작가를 통해 펼쳐지겠지요? 저도 얼른 읽
어보고 싶네요. 그러나 지금은 다만 저 문장에만 좀 삐딱
해질래요.

　애초에 사랑이라는 게, 더 할 건지 덜 할 건지 과연 선
택할 수 있는 문제냐고 되묻고 싶어요. ◆

──────────

◆　"정확한 지적이다." 실제로 임경선의 일기에 인용된 줄리언 반스
　의 문장 바로 뒤에 이어지는 내용은 다음과 같다.
　"당신은 그게 진짜 질문이 아니라고 지적할지도─정확한 지적이
　다─모르겠다. 왜냐하면 우리에게는 선택의 여지가 없으니까. 선

　사랑을 더 하겠다고 결심하면 정말로 더 하게 되나요?
사랑을 덜 하겠다고 결심하면 정말로 덜 하게 되나요?
그게 마음대로 되는 일인가요?

　난 지금 공부해야 하니까, 돈이 없으니까, 골치 아프
니까, 어차피 또 헤어질 테니까, 난 너무 못생겼으니까,
난 나이가 많으니까, 할 일이 많으니까, 날 알면 실망할
테니까, 라고 말하면서 마치 사랑이 귀찮은 문제인 양
얘기하는 사람들이 많지만, 그들이 지금 사랑에 빠지는
일을 지뢰 밟는 것처럼 생각하고 공포에 떨고 있는 게
아니잖아요. 사실은 이왕이면 하고 싶어한다고요. 다들
하고 싶어해요. 이미 하고 있으면서도 또 하고 싶어하기
도 해요. 사랑을 하면 괴롭다는 거 대체 모르는 사람이
어디 있어요. 다 알면서도, 가능하다면 하고 싶어한단
말이에요.

　애초에 사랑이라는 경험 자체가 하고 싶다고 누구나

　택을 할 수 있다면 질문이 성립하겠지. 하지만 선택의 여지가 없
으므로 질문이 되지도 않는다. 얼마나 사랑할지, 제어가 가능한
사람이 어디 있는가? 제어할 수 있다면 그건 사랑이 아니다. 대신
뭐라고 부르면 좋을지는 모르겠으나, 사랑만은 아니다." (줄리언
반스, 『연애의 기억』, 13쪽.)

쉽게 할 수 있는 일이 아닌데, 그 높은 허들을 너무 아무
렇지 않게 뛰어넘어버리고서 '더 할래 덜 할래' 물어보
다니!

알아요, 로또 당첨되면 뭐하고 싶냐는 질문처럼 그냥 건
성으로 받아들이면 될 질문에 제가 너무 정색하고 달려
들었다는 거. 그치만 저는 이 질문에 도저히 그렇게 간단
한 마음이 되지 않아요. 저는 늘 사랑에 빠지고 난 이후
의 괴로움 이전에 사랑에 빠지는 경험 자체의 어려움 때
문에 괴로웠기 때문이에요. 게다가 마음속으로는 언제
나 쉽게 사랑하고 싶다고 생각하면서 막상 누구 한 사람
덜컥 마음에 들어오면 갸웃거리며 고민부터 하게 되고
요. 내가 사랑에 빠진 것인지, 아니면 그냥 유혹하는(당
하는) 재미에 빠진 것인지 따지고 앉아 있는 거예요. 대
체 왜 따지고 있는지 모르겠어요. 어쭙잖은 어른스러움
때문인지 겁이 나서 딴청을 피우는 건지. 슬퍼요, 내 감
정에 충실해보기도 전에 마음의 일대를 엉금거리며 의
심하고 있는 게. 그러다 식어버린 애초의 감정을 망연자
실 바라보는 게.

그나저나 이성애자 여성의 입장에서 연애 상대로서의 남성을 세 분류로 이토록 간단하면서도 핵심적으로 나눠버리다니 진짜 대단해요. 대체 임경선이 못 나누는 것은 무엇인가요? 언니는 정말 '분류'와 '정리'에 심하게 탁월해요. 제 머리통도 좀 맡기고 싶어요. 이 안에 온갖 사념들이 곤죽이 되어 들어 있지만, 왠지 곤도 마리에처럼 말끔하게 정리해줄 것만 같아. (그러곤 겁나 비싼 값을 부를 것만 같다……)

저도 언니의 분류를 보고 제 지난 연애들을 좀 복기해보았어요. 그냥 막연한 수준으로 정리라는 것을 해보니, 저는 주로 양쪽을 왔다갔다 오가는 연애를 해왔던 것 같아요. 한 번의 연애가 시작해서 끝이 나면, 그다음 연애는 지난 연애 상대랑 정반대 느낌의 사람과 하곤 했어요. 저를 리드하고, 지적으로 자극하고, 기분좋게 혼란을 주는 상대를 사랑하게 되면 사랑의 속성이라는 게 늘 그렇듯이 꼭 제가 사랑했던 그 모습들에 상처를 입었죠. 무시당했고, 불안에 떨어야 했고, 영혼에 가시가 돋았어요. 그렇게 그 상대와의 사랑이 끝나면 저는 곧장 나를 포용하고, 지지하고, 안정감을 주는 상대에게 끌렸어요. 그러곤 또 시간이 지나면 내가 이끌렸던 잔잔하고 깊은 이해심에 하품이 나오기 시작했죠.

저에게 사랑에 빠질 수 있는 경험이 혹시 앞으로 더 예정되어 있을까요? 그렇다면 그때는 저의 패턴을 과감히 버리고 임경선식 3분류법에 의지해보겠어요. 반은 농담이고, 반은 진심이에요. 그동안 너무 지난번 사랑에서 받은 상처만을 기준으로 다음번 사랑을 설정하려 했다는 생각이 들어요. 세상엔 정말 많은 기준이 있을 텐데. 외모도, 돈도, 성격도, 유머도, 섹스도, 종교도, 취미도, 정치성향도, 패션도, 덕질도 기준이 될 수 있는 건데 말이에요. 물론 그 기준이 무엇이든 선행되어야 하는 것은 나 혼자서도 얼마든지 걸어나갈 수 있게 내 삶의 바닥을 탄탄하게 다지는 일일 테지요……

• • •

어젯밤 언니에게 사랑 이야기를 홀린 듯이 쓰다 자고 일어났는데, 몸은 어젯밤의 상기가 덜 풀린 듯 아직도 약간 달뜬 기분이에요. 그리고 맹렬하게 배가 고픕니다.

제가 인류에 느끼고 있는 가장 서글픈 귀여움 중에 하

나는 대체로 인간은 울다가도, 절망하다가도 배고픔을
느낀다는 거예요. 얼른 빵을 굽고 달콤한 잼을 준비하고
차가운 두유를 아끼는 잔에 따라야지. 언니는 밥 먹었나
요? 안 먹었다면 얼른 먹어요.

    끼니때가 되었으니 우리 일단 든든하게 밥 먹고,

    계속 괴롭도록 하자.

                             신요조 씀

어떤 사람을 좋아하고 사랑하는 것은
그 사람이 없어지는 상황까지도 포함해서
좋아하고 사랑하는 거 아닐까.
어찌 보면 좋아하고 사랑하니까
이별의 슬픔과 고통까지도
포용할 힘을 가지게 되는 것 같아.
더 나아가서는 상대를 슬프게 하기보다
차라리 내가 슬픈 쪽을 선택하고 싶어지는 마음.

한 번의 연애가 시작돼서 끝이 나면,
그다음 연애는 지난 연애 상대랑
정반대 느낌의 사람과 하곤 했어요.
저를 리드하고, 지적으로 자극하고,
기분좋게 혼란을 주는 상대를 사랑하게 되면
사랑의 속성이라는 게 늘 그렇듯이
꼭 제가 사랑했던 그 모습들에 상처를 입었죠.
무시당했고, 불안에 떨어야 했고,
영혼에 가시가 돋았어요.

경
선

몸의
문제는
무척
중요하니까

짧은 커트머리가 개구쟁이 소년 같은 요조에게

네가 가끔 올려주는 너의 사진을 물끄러미 미소지으며 쳐다보곤 해. 요새는 특히나 자전거를 타고 동네를 쌩쌩 누비고 다니는 너의 힘찬 모습이 그렇게 기분좋을 수가 없어. 그러고 보니 우리 둘 다 한때는 베스트 드라이버들이었는데(세상에, 나는 20대 때 아령 크기의 휴대폰으로 전화를 받으면서 담배를 피우고 동시에 한 손으로 운전하고 다니던 위험천만한 시절이 있었어) 이제는 둘 다 자동차를 소유하지도 않고, 운전도 하지 않고 버스와 자전거를 타고 다니네. 이렇게 점점 가벼워지는 것이 과히 싫지 않아. 그뿐만 아니라 체육관 사람들에겐 너의 신분(?)도 숨겨가며 닉네임 '재키 찬'으로 주짓수를 배우기 시작했다지. 육식을 끊은 지도 이제 꽤 오래고. 가만 보면 너는 너에게 이로운 것을 본능적으로 찾아가는 축이 있는 것 같아.

몸의 문제는 너무나 중요하잖아, 특히 서른 넘어서부터는. 사실 작금의 환경에서는 '마음의 병', 다시 말해 '우울증'이 '올해의 출판키워드'로 꼽힐 만큼 각광받을 정도였지만, 조금 더 자세히 그 안을 들여다보면 '몸의 문제'

도 만만치 않게 우리의 현실과 삶을 지배하는 것 같아. 사실 우리가 20대부터 꾸준히 일했다면 어쩌면 30대나 40대에 한번 호되게 아플지도 몰라. 그만큼 여자의 몸에 닥치는 변화가 큰 시기라고 봐. 어느덧 가까이에서 선후배 또래들이 고루 아프더라. 특히 속상한 것은 여성이어서 걸리는 병들, 자궁근종, 자궁내막증, 유방암, 난소암. 그리고 빠르면 30대에도 폐경이 찾아오고. 한 일주일 안 보인다 싶으면 수술하러 입원해 있고. 뭐랄까 먼 이야기처럼 들리던 것들이 어느 날 갑자기 '나의 문제'가 되어버리는 일의 놀라움. 원래 건강체질이라고 해서, 운동을 꾸준히 했다고 해서, 몸에 나쁜 건 아무것도 안 했다고 해서, 아프지 않으리라는 보장도 없어. 어떻게 된 게 병은 선별적으로 찾아오질 않아.

그렇다 해도 그나마 스스로를 보존하기 위해 할 수 있는 거라고는 꾸준한 운동(자신한테 맞는 운동을 찾는 것!)과 정기검진이겠지. 운동은 이틀에 한 번 체육관에 가서 유산소 운동을 하는 것. 정기검진은 지병인 갑상선암 외에도 1년에 한 번 유방암과 자궁암 검진. 위암과 대장암 검진도 2년에 한 번 정도. 프리랜서라 회사에서 챙겨주는 것도 아니라서 매년 1월 내 생일이 지나면 꾸역꾸역 숙제하듯 혼자 건강검진을 받으러 가. 아, 특히 자궁암 검사는 너무나도 받기 싫지만, 그래서 일부러 조금 멀더라도 윤서를 낳은 산부인과에 가서 받아. 그러면 윤서를 낳았을 때의 행복했던 기억을 되새기며 조금이라도 위안받으니까. 윤서를 받아주신 원장님의 안부도 매년 여쭐겸. 매년 나는 원장님께 아이를 가질 수 있게 도와주서서 감사하다고, 아이를 키우면서 정말 행복하다고 말씀드려. 그런 인사, 원장님은 수천 번을 받으셨을 텐데도 실눈 뜨고 웃으시며 얼마나 기뻐하시는지 몰라.

그리고 마지막으로 하나 더.

겉으로는 드러내서 말하지 못하는 것, 하지만 그 중요성을 아무리 강조해도 모자라는 것. 바로 섹스. 그냥 섹스가 아닌, 충족된 섹스. 그러나 우리 중 과연 몇이나 만족스러운 성생활을 하고 살까.

"사랑하긴 하지만 사실은 그와의 섹스가 좀 별로야."

"뭔가 엇박자라 그냥 빨리 사정하고 끝냈으면 좋겠어."

"섹스 말고 다른 불만은 크게 없는데……"

"우리? 안 한 지 너무 오래됐지."

이런 말들 참 많이 들었어. 당사자에게도 남들에게도 솔직하게 털어놓질 못하지만, 안으로 깊이 쌓이는 고민이지. 섹스에 대해 불만이나 문제를 느낀다면 연인과 솔직하게 소통해야 한다고 전문가들은 조언하지만 이게 그렇게 쉽게 할 수 있는 게 아니잖아? 창피하기도 하고, 뭔가 요구가 많은 여자로 보이는 것도 두렵고, 나를 너무 성에 해박하거나 밝히는 여자라고 생각할까봐, 혹은 그의 자존심에 상처 입히면 어떡하지, 이렇게 말로 몸의 문제를 논하면 막상 섹스할 때 남자가 더 의식해서 실질적으로 '못 하게' 되는 건 아닌가 주저할 만해. 하지만 또 넣 놓고 포기하다보면 여러 가지 작은 불만들이 조금씩 쌓여서 관계 자체가 텅 빈 껍데기가 될지도 몰라.

마음이 중요하다고? 천만에. 사실은 몸이 마음이기도 한 거지. 충족된 섹스로 몸이 아주 기분이 좋아지면 그게 끝이 아니라 마음까지 기분좋아지지. 몸과 마음 이 두 가지를 다 충족시켜주어야만 진정한 의미의 섹스라고 생각해. 이러기 위해서는 역시 좋아하는 사람과 몸도 마음도 기분좋아지는 섹스를 하고 싶은 게 당연해.

서점에서 소규모 북토크를 진행하면 질의응답 시간에 이 얘기 참 많이 했어. 몸의 문제는 정말 중요하다고, 사람의 몸과 마음이 건강하고 행복하기 위해서는 다른 사람의 '만짐touch'이 필요하다고. 나중에 노인이 되면 그 누구도 나를 만지지 않게 되는 일이 가장 서러운 일이라고. 각자도생의 시대에 스스로를 위무하는 데엔 어디까지나 한계가 있으며 우리는 어디까지나 타인의 체온을 필요로 한다고. 혼자 홀가분한 것도 좋지만 둘이 서로를 안을 때의 그 기쁨에 비할 바가 아니라고. 이렇게 흥분해가면서 막 강조에 강조를 거듭하고는 끝에 가서 항상 "지금 제 얘기 어디 온라인에 쓰지 말아주세요"라고 덧붙이곤 했지.

한국은 엄숙주의적인 데가 있어 번식이나 폭력이 아닌 인간의 기쁨과 관련한 섹스 이야기에 대해서는 참 인색하잖아. 전반적으로 하찮은 욕망으로 취급받는달까. 하지만 식욕, 수면욕 등과 마찬가지로 성욕은 인간의 근원적인 본능이라 언뜻 별거 아닌 것처럼 보여도 실은 아주 깊은 곳에서 한 사람의 인생에 절실한 문제라고 봐. 식욕과 수면욕이 충족이 안 될 때 균형이 무너지면서 병을 얻게 되는 것처럼, 조금씩 쌓여가는 성적 불만족은 다양한 왜곡으로 나타날지도 몰라. 섹스라는 주제가 하나의 상처가 되었기에, 섹스 그 자체에 대해 관심이 없어지거나 혐오를 느낄 수도 있고, 그와 반대로 감정적으로 좋아하는 건 바라지도 않으니까 그저 섹스할 상대만을 찾아 헤맨다거나. 그러니까 지금 만약 좋아하는 사람이 있고 그 사람과 섹스할 수 있는 여건이 된다면, 두 사람 사이에서 묵과되었던 문제들을 어떻게든 풀어나갔으면 좋겠어. 다만 이 문제는 앞서 말했듯 인간의 근원적인 영역의 문제라 어디까지나 섬세하게 다루어야 한다는 것. 단순무식도 안 되고 그렇다고 너무 신중한 것도 좋지 않아. 마치 남북회담하듯 대화만으로 담판짓거나(특히 누가 잘했고 못했고 이런 지적은 최악!) 전략 짜듯 하는 것도 색기가 없지. 두 사람 사이에 흐르는 '공기'를 조금씩이라도 바꾸어보는 것부터 시작해보면 좋을 것 같아. 이 세상엔 똑같은 섹스라는 건 애초에 존재하지 않으니까.

경선 씀

제가 인류에 느끼고 있는
가장 서글픈 귀여움 중에 하나는
대체로 인간은 울다가도, 절망하다가도
배고픔을 느낀다는 거예요.
언니는 밥 먹었나요?
안 먹었다면 얼른 먹어요.
끼니때가 되었으니 우리 일단 든든하게 밥 먹고,
계속 괴롭도록 하자.

마음이 중요하다고?
천만에.
사실은 몸이 마음이기도 한 거지.

요
조

피와
땀

언니, 혹시 글쓰면서 땀흘려본 적 있나요.

저는 매 순간 최선을 다해서 성실하게 글을 써왔지만 그렇다고 해서 땀까지 뻘뻘 흘리면서 글을 써내려간 기억은 없었던 것 같아요. 물론 땀을 흘려가며 글을 쓴다고 말한 적이 여러 번 있었지만, 그 땀은 피부를 타고 흐르는 땀이 아니라 아마도 뇌를 타고 흐를 거라고 짐작되는 상상의 땀이었지요. 책방에서 일할 때도 마찬가지예요. 출근해서 퇴근할 때까지 정신없이 일을 하지만 그사이에 땀은 한 방울도 흘리지 않아요. 심지어 노래하면서도 저는 땀흘릴 일이 없어요. 춤을 추지도, 목에 핏대를 세우며 열창을 하지도, 무대를 이리저리 종횡으로 뛰어다니지도 않고 그저 기타를 조용히 안은 채 편안한 의자에 앉아 노래하니까요. 한여름의 야외무대가 아니면 모를까, 무대에 오를 때나 내려올 때나 저는 대체로 보송보송한 상태.

뭔가를 열심히 한다는 것을 표현할 때 우리는 보통 '땀'을 활용하잖아요. '땀흘려 열심히 일하자' '땀까지 흘려가며 맛있게 먹었다' 같은 관용표현들만 봐도 그렇고, 확실히 땀은 최선을 다했다는 걸 보증하는 가장 편하고 익숙한 소재 같아요. 그런 땀의 이미지에 저도 착실하게 학습된 사람인가봐요. 평소에 웬만해서 땀흘릴 일 자체가 없다가 몸을 열심히 부려서 땀을 흘리면 그게 그렇게 기분이 좋고, 거창한 표현이긴 하지만 어쩐지 생의 작은 한순간에 최선으로 임한 것처럼 뿌듯하고, 심지어 변태처럼 이 땀을 어딘가 자랑하고 싶은 마음마저 들어요. 저에게 2019년 여름은 동네를 달리며 땀흘리던 아침이나, 자전거를 타고 여기저기를 돌아다니며 뒷덜미와 등에 솟아오르는 땀을 가만히 감각하던 오후, 그리고 주짓수를 마치고 땀으로 흠뻑 젖은 티셔츠를 벗던 밤으로 정리할 수 있을 것 같아요.

참, 안타깝게도 지금 주짓수는 쉬고 있어요. 운동하다 목을 다쳤거든요. 목을 다쳐보니까 알겠더라고요. 인간이 얼마나 수시로 목을 쓰면서 사는지(자다가도 목을 움직이다 아파서 깬다), 얼마나 머리통이 무거운지(약을 삼키기 위해 목을 뒤로 젖힐 때마다 몸 자체가 뒤로 넘어갈 것만 같다), 몸의 기관들이 얼마나 서로 긴밀한지(목이 아픈데 두통이 오고 목이 아픈데 어깨, 등, 허리까지 아프고).

고기를 지양하려 하고, 운동도 꾸준히 하고, 건강을 착실하게 잘 챙기며 사는 것 같지만 언니로서는 아주 못

마땅해할 저의 반전 과거가 있답니다. 바로 제가 아직 건강검진을 한 번도 받아보지 않았다는 사실이에요. 30대 초반일 때만 해도 건강검진을 아직 안 했다고 하면 대체로 다들 무덤덤하게 '그렇구나, 이제 해야 할 텐데. 내년엔 꼭 해' 이런 반응이었거든요. 지금은 어떤 줄 아세요? 소리를 지르는 사람도 있어요. 무어어어?? 아직까지 한 번도 안 해봤다고???

　그러고 보니 우리는 각자 건강을 생각하고 있지만, 그 주력 분야가 확연히 다른 것 같네요. 제가 몸을 움직여서 땀을 뻘뻘 흘리는 일에 집중하는 데 반해, 언니는 병원에 가고 검사를 받는 일에 충실하고 있으니까요. 정기적으로 병원에 가서 검진을 받는 일이 고역이면서도 생일 무렵 꾸역꾸역 간다는 언니의 말이 여러 가지를 생각하게 해요. 오랫동안 앓아온 갑상선암이 가져온 속상한 규칙인 셈인데, 그럼에도 굳이 딸을 낳은 병원에 가서 검사를 받고 의사선생님께 매번 감사인사를 드린다는 게 정말 언니다워요. 똑같이 비슷비슷한 삶을 사는 것 같아도 매 순간 공들여 임하는 사람의 인생은 어쩔 수 없이 윤이 나는가봐요.

언니가 지난 편지에 적은 섹스에 대한 글도 어찌나 공들여 썼던지 윤이 반들반들 나던데요!

너무나 공감해요. 더욱 활발하고, 더더욱 솔직하게 말해져야만 하는 주제. 우리의 애호가 더 뻔뻔해져야만 하는 행위. 섹스는 참으로 피의 활약으로 이루어지는 일이 아닌가 하고 저는 생각해요.

사랑에 빠진 상대와 눈을 맞추고, 키스를 하고, 각자의 손이 서로의 몸을 내 몸처럼 절박하게 쓰다듬으면서 자연스럽게 '이애와 섹스하고 싶어'라고 생각하게 될 때면 저는 내 몸 안에서 무언가가 배 아래로, 더 아래로 우루루 몰려가는 것을 느껴요. 아마도 그것은 피이겠지요. 남자의 몸 안에 있는 피도 그 순간 아래로 아래로 몰려가서는 어떤 기관을 발기하게 만들고, 동시에 피는 볼로도, 입술로도, 손끝으로도 몰려가 우리를 더욱 붉은 존재로 만들어버려요. 이 피들은 다 어디 숨어 있다가 나타나서 여기저기로 몰려다니는 것일까. 피의 활약을 입고 붉어진 두 사람이 사랑과 장난기로 충만한 섹스에 열중하느라 모든 것을 잠깐 잊어버리는 사이, 그들의 표면에서는 땀이 흘러요.

재미있지요. 피땀 흘려서 고생과 수고만 한다고 생각

하지만, 이렇게 신나고 아름다운 일도 우리는 피땀을 흘려서 해요.

어느새 해가 졌어요. 땀 한 방울 흘리지 않고 이 글을 쓰고 있는 시원한 카페를 나와 집으로 돌아가야겠어요. 이제는 자전거 페달을 좀더 열심히 굴러야 간신히 땀이 날 만큼 아침바람도, 저녁바람도 조금씩 시원해지고 있네요.

　땀흘릴 수 있는 내 몸이, 아직 튼튼하고 건강해 보이는 내 몸이 점점 더 소중해져요. 언니도 그렇죠?

　언니가 무슨 말 할지 알아요. 올해 꼭 정기검진 받을게요. 약속, 약속.

신요조 씀

경
선

완전한
이별은
우리
부디
천천히

요조에게

　가끔 문득 네가 나의 친구라는 사실이 무척 신날 때가
있어. 내 친구가 되어주어서 정말 고마워, 수진아.

나는 그간 써온 소설과 에세이에서도 알 수 있듯이, 사랑
과 연애감정을 소중히 하는 사람이고, 기왕이면 세상의
모든 사람들이 좋아하는 사람, 설레는 사람을 곁에 두기
를 바라지만, 그것과 마찬가지로, 아니 어쩌면 그 이상
으로 좋은 친구와 다정한 우정이 인생에서 반드시 필요
하다고 생각해.

　그런데 이 우정이라는 것은 두 사람이 '공유하는' 무
엇인가가 있기에 성립되는 경우가 많은 것 같아. 너는 지
난번에 우리가 '미래보다는 현재에 집중하며 살아가는
성향'을 공유한다고 짚었지. 그 동질성은 우리 마음 혹은
무의식 저 깊은 곳에서 연결된 것이라 참 다행이다 싶었
어. 만약 우리가 얕은 곳에서 어떤 것을 공유한다면―가
령 특정인물을 같이 미워하거나, 어떤 불평불만을 나누
거나, 일시적인 일로 엮여 있다거나―그 해당조건이 사
라질 때 그 관계도 어색해지면서 자취를 감추고 말겠지.

　한편 '감정 착취'도 자칫 우정으로 오해하기 쉬워. 가

령 내가 불행해졌을 때, 그 불행의 냄새를 맡고 다가오는 사람들. 진심 어린 위로를 해주니까 나는 무척 고마워하며 우리 둘은 금세 친밀해지지만, 실은 그 사람은 타인의 불행을 통해 자신의 행복과 존재이유를 확인하는 사람이었지. 내가 스스로 불행 모드에서 빠져나와 밝고 씩씩해지고 독립적인 사람이 되는 것을 원치 않는 거야. 반대로 내가 잘나갈 때만 달라붙는 사람보다 어쩌면 더 음침하고 고약한 게 이런 '늪' 같은 유사 우정이 아닐까 싶어. 상대의 불행을 위로하는 것보다 상대의 행복을 함께 기뻐하는 것이 더 힘든 일이라고도 하잖아.

어떠한 특수 상황에 놓일 때만 '친구'가 겨우 되는 것은 안타까운 일이지. 깊은 우정은, 공통의 적이 있든 없든, 일에서 잘나가든 못 나가든, 실연한 상태든 목하 열애중이든, 돈이 있든 없든, 그런 것들과는 관계없이, 그어떤 의무감 없이도 그저 보고 싶고, 그냥 '아무거나'에 대해 이야기할 수 있는 관계라고 생각해. 별 내용도 없는 문자나 이메일이 와도 그저 즐겁고 신나고, 만나면 서로에게서 힘을 얻고, 못 만나더라도 불안해하거나 의심하지 않는 그런 관계는 얼마나 소중한지.

우리 두 사람이 또하나 공유하고 있는 게 생각났어. 우리가 예전에 '멋'에 대해 얘기했던 것 기억나니? 우리 둘은 한 치의 주저함도 없이 멋이 중요한 가치다, 멋있는 사람에겐 얄짤없이 반한다, 멋있게 살고 싶다, 이렇게 입을 모았지. 다른 걸 잃는다 해도 멋에서는 타협하고 싶지 않은 마음이 있어. 너는 네가 어떤 사람인지, 어떤 사람이 되고 싶은지 잘 모르겠고 매 순간 주변 환경에 휘둘린다고 했었지? 요조답다, 신수진답다, 가 대체 뭐냐고도 묻고.

내가 그 대답을 알려주어도 될까?

너는 멋있는 사람이야.

그리고 앞으로도 계속 멋있는 사람으로 남게 될 거야.

그게 신수진이야.

너의 멋있음으로 인해 비롯된, 내가 눈여겨본 몇 가지의 '신수진다움'이 있어.

우선 예전에도 내가 조금 썼지만, 너는 흔히들 모두가 가지고 있는, 사람에 대한 선입견으로부터 자유로워. 사람이 가진 겉모습, 객관적인 조건들로 그 사람을 판단하거나 마음을 열지 않아. 자기보다 힘이 있는 사람에게 기가 눌리지도 않고 아부하지도 않고, 같이 어울리면 자기에게 도움이 될 것 같은 사람에게 접근하지도 않지. 또한 자기보다 약해 보이는 사람을 휘두르려 하지도 않고, '연민'이라는 감정을 다루는 데도 매우 신중해. 그래서 너와 가까운 주변 사람들을 보면 좋은 의미로 일관성이 없어. 나이가 아주 많거나 어린 사람도 있고, 장애인도 외국인도 있고, 하는 일도 더없이 다양하고. 다만 그분들에겐 아마도 너만이 포착하는 어떤 '멋짐'이 있겠지.

또하나의 '신수진다움'은 네가 무척 노력하며 살아가는 사람이라는 점이야. 너는 언뜻 보면 나른하고 느릿느릿한 분위기를 가졌는데, 실제로 너와 일을 같이 하다보면 너의 노력하는 태도를 다들 통감하겠지. 노력하는 사람이 왜 멋진 줄 아니? 다른 멋진 사람을 보고 '멋지다'라고 순수하게 감탄하고 인정할 수 있어서 그래. '나도 저렇게 멋지고 싶다' 하고 기분좋게 동기부여를 받아 자신의 에너지를 무의식중에 끌어올리는 힘이 있어. 본인이 노력하면서 살고 있으니까 이런 반응이 가능한 거야. 만약 노력하며 사는 사람이 아니라면, 자신이 노력할 의지가 없으니까 남이 노력해온 것들을 일부러 외면하면서, 그저 상대의 성취는 단순히 내게는 없는 '행운'이라 단정짓고, 그것을 질투하거나 헐뜯곤 하잖아. 하지만 30대 중반 이후쯤 되어서 잘사는 것처럼 보이는 다른 사람을 두고 '저 사람은 참 운이 좋네'라고 쉽게 단정짓는 것은 너무 게으른 기만이야.

그 어떤 조건과 배경을 가진다 해도, 한 사람의 인생에서 삼십몇 년간을 아무런 부침 없이 사는 건 불가능한 일이거든. 어쨌거나 너의 노력하는 모습과 노력하지만 그것을 겉으로 굳이 티내지 않는 모습이 꽤 멋있다고 생각해.

이미 반년도 훌쩍 넘긴 얘기지만, 네가 예전에 처음으로 신문 인터뷰어를 맡았을 때의 일이 생각난다. 처음에는 그 일을 할지 말지 너는 무척 고민했었지. 그리고 초창기에 작성한 인터뷰 기사 원고들은 바로 통과되지 못하고 수차례씩 고쳐써야만 했었어. 그런 일이 몇 번 반복되자 너는 시무룩해지며 "내가 왜 이걸 한다고 했을까. 나 따위가 뭘 할 줄 안다고"라며 많이 힘들어했던 것을 기억해. 하지만 결국 너는 해냈지. 원고 수정을 하는 횟수가 점점 줄어갔고, 많은 것들을 터득해나갔고, 어느 새 인터뷰 기사를 잘 썼다는 칭찬을 듣게 되었지. 그런 칭찬은 정직한 노력을 바탕으로 얻은 거라 기쁨이 참 깊 지 않니?

그러고 보니 교환일기도 반년까지는 아니지만 시작한 지 어언 넉 달을 채워가네. 우리 딱 서른 번, 일기를 교환 하기로 했었지?

나도 지인들한테 '방송 잘 들었다. 하지만 의외다. 언뜻 봐서는 둘이 전혀 친할 것처럼 보이지 않았는데……'라 는 말을 얼마나 많이 들었는지 몰라. 하긴 내가 너의 존 재를 처음 알게 된 것은 2008년쯤, KBS본관 로비에서 였어.

로비의 기둥 앞 잡지스탠드에 KBS사보가 잔뜩 꽂혀 있었고, 요조가 그 사보의 표지모델이었어. 얼굴이 새하 얗고 검정색 단발머리가 새침한 분위기를 풍겼어. 나는 그것을 슬쩍 보면서 '뭐야, 얘는. 비주얼형 가수인가?' 싶었지. 솔직히 말하면 외모로 주목받아 반짝 뜬 다음 에 몇 년 후 사라지지 않을까 생각했지. 그런데 그로부터 11년이라는 세월이 흘러, '쯧쯧, 얜 딱 봐도 오래 못 가겠네' 싶었던 그 여자아이와 내가 이렇게 교환일기를 나누며 "야, 우리 오래오래 해먹어야 해~~~" 이러면서 손잡고 다짐하는 사이가 되어버렸지 뭐야. 인생 참 한 치 앞을 몰라, 그치?

우리 둘이 처음 데이트했던 2013년도 기억나. 우리는 신촌기차역 옆의 사실상 폐허가 된 거대한 건물 안 극장에서 영화 〈클라우드 아틀라스〉를 보았어. 사람도 거의 없었지. 영화가 끝나고선 우리는 너의 낡은 티코를 타고 드라이브를 조금 하고, 찻집에 들어가서는 서로 어색해서 말도 제대로 나누질 못했어. 둘 다 낯가리고 수줍어하고 말수가 많은 편도 아니었으면서 같이 놀고 싶어하는 마음이라니!

어색하고 말수 없던 우정의 초기 시절을 마치 만회하려는 것처럼, 우리는 이번에 교환일기를 주고받으며 참 많은 이야기들을 나눈 것 같아. 사적으로 친하던 사람들끼리 공적인 일을 같이 하게 되면 사이가 나빠지는 경우가 주변에 적지 않았기에 우린 이 일을 시작하기 전에 걱정도 참 많았지. 다행히 나의 바다처럼 넓은 마음과 너의 우물처럼 깊은 인내심 덕에 그런 일은 일어나지 않았어.

아주 가끔은 도중에 우리가 조금 싸웠더라면 어땠을까 상상했어. 친한 두 사람 사이의 싸움은 일종의 '작은 이별'이잖아. 그런 '작은 이별'을 우리라면 어떻게 풀어나 갔을지가 궁금했어. 하지만 언젠가 우리의 우정이 그 수명을 온전히 다 채우게 되면 우리는 '완전한 이별'을 맞이해야겠지?

요조야—

우리 이제 여기서는 헤어져야 할 시간이 오고야 말았어. 서른세 번의 교환일기.

한때 중간쯤에는 되게 길어진다, 늘어진다, 영원히 끝나지 않을 것 같다, 이런 느낌이었는데 어느 순간 획 가버리고 말았네.

교환일기에선 우리의 인연을 다했지만, '완전한 이별'만은 아주 오랜 시간을 들였으면 좋겠어. 내 이메일 아이디 '슬로굿바이slowgoodbye'처럼, 천천히, 시간을 오래 들여서, 언젠가 먼 훗날 멋있게 이별하자.

너의 마지막 일기를 기다리며
경선 씀

똑같이 비슷비슷한 삶을 사는 것 같아도
매 순간 공들여 일하는 사람의 인생은
어쩔 수 없이 윤이 나는가봐요.

노력하는 사람이 왜 멋진 줄 아니?
다른 멋진 사람을 보고 '멋지다'라고
순수하게 감탄하고 인정할 수 있어서 그래.
너의 노력하는 모습과
노력하지만 그것을 겉으로 굳이 티내지 않는 모습이
꽤 멋있다고 생각해.

요
조

그럼,
안녕히

언니는 진짜 치사한 사람이네요.

　제가 그동안 여기서 언니 칭찬을 좀 하려고 할 때마다 "너 내 칭찬하지 마, 우쭈쭈 해주는 거 당사자나 기분좋지 보는 사람들은 지루해서 재미없어해"라면서 매번 딱 잘라 못 하게 하더니 막판에 이러긴가요. 끝없이 이어지는 저를 향한 언니의 칭찬을 읽으면서 저는 견딜 수 없는 배신감, 그리고 감동에 몸을 떨며 눈물바람을 한차례 하고 말았습니다.

정말 언제 서른세 번을 이렇게 채운 건지, 지금 쓰는 이 글이 마지막 일기라는 게 좀 실감이 나지 않지만, 그래도 오늘이 마지막이니만큼 저도 심경고백을 하지 않으면 안 될 것 같아요.

　저는 사실 이 교환일기, 좀 고통스러웠어요.

　그다지 하고 싶은 마음 없었는데 임경선이 시켜서 한 거예요…… 임경선 땜에 너무 힘들었어요…… 이런 심경고백이 나와야 언니의 변태적 성향을 만족시켜줄 수 있을 텐데, 애석하게도 그쪽은 아닙니다.

　우리는 우리 몸의 구동력이라는 것을 직접 몸을 움직여보지 않으면 제대로 파악할 수 없잖아요.

아직 쓸 만할 거야, 라고 생각해오던 내 몸의 실체가 적나라하게 드러나는 게 운동 첫날이고 말이에요.

이 교환일기를 몇 달에 걸쳐 해오면서 저는 제 뻣뻣함을 자주 실감했던 것 같아요. 나 정도면 제법 삶을 유연하게 살고 있다고, 세상을 대하는 태도라면 지금의 나 정도로도 충분하다고 내심 생각했거든요. 사실 누구나 저처럼 생각할 거예요. 세상은 자고로 이런 거다, 라는 지론이 다들 자기가 살아온 삶을 통해 두툼해진 채로 우리는 어른이 되잖아요. 그리고 이런 사람들과 관계를 맺으면서 우리는 타인들을 그다지 설득하고자 하지도 않죠. 보통은 그냥 아, 그렇구나, 하고 넘길 뿐이에요. 저 사람은 나랑 생각하는 게 다르네, 하고 거기서 그냥 끝.

근데 언니와 저는 몇 개월간 그러지 않았어요. 뜻이 맞고 안 맞고를 떠나서 우리는 내내 '구구절절의 시간들'을 보냈죠. 나약하게 징징거리는 거 못 봐주는 영역에서는 뜻이 맞아 의기투합하다가도 어차피 자고 나면 똑같은 거 아니냐는 사랑에 대한 저의 시니컬함에는 그럼에도 우리는 자야 한다고, 사랑이 인생을 얼마나 의미 있게 하는지 왜 모르냐고 언니는 대립했죠.

언니와 내가 엄마와 딸이었어도, 연인이었어도, 선생

과 제자였어도 그 어떤 관계였어도 이 시간은 고통스러웠을 거예요. 근데 저는 이 고통이 정말 좋았어요. 운동처럼요. 운동하는 사람을 가장 안심하게 하는 것이 근육통이듯이, 저 역시 매주 제 일기를 쓰고 언니의 일기를 듣는 일이 고통스러우면서도, 그러면서도 은밀하게 안심했어요. 언니가 말했듯이, 저는 노력하는 사람이라서 늘 생색이 필요하거든요.

교환일기를 쓰기 전과 후에 제가 가장 달라진 점은 '행복'에 대한 자세인 것 같아요.

저는 아주 오랫동안 '행복'이라는 것에 대해서는 최대한 생각하지 않을수록 좋다고 믿었어요.

행복이라는 개념을 자꾸 생각하고 자꾸 따라가려고 하다보면 자연스럽게 행복이 아닌 순간에 대해서도 자주 생각할 수밖에 없게 될 것이고, 어차피 양으로 따져보자면 행복한 순간보다 행복하지 않은 순간들이 압도적으로 많을 텐데, 그 불행을 일일이 쳐다봐야 한다는 게 너무 두렵더라고요.

그래서 인터뷰를 할 때도, 누군가와 대화하다가 행복이라는 주제가 튀어나와도,

'나는 태어날 때부터 행복이라는 대전제 안에 속한다고 생각한다. 그것만 기억하고 싶다. 더이상 자잘하게 행복을 구체화하고 싶지 않다. 그러다보면 나는 불행까지도 하나하나 느껴야 할 텐데 그게 싫다. 나는 아픈 게 싫다.'

이렇게 말하곤 했어요. 그런데 이제는 생각이 바뀌었어요.

물론 행복이라는 대전제 안에 내가 존재한다는 생각에는 변함이 없지만, 그 안에서 벌어지는 소행복과 소불행들을 하나하나 짚고 하나하나 느끼고 넘어가겠다고 다짐하게 됐어요.

그건 아마도 제가 언니와 함께 보낸 '구구절절의 시간들' 때문이라고 생각해요. 그것 말고는 이런 저의 변화를 설명할 수 있는 사건이 없거든요.

이제는 행복이라는 걸 끼니라고 생각하려고 해요.

아무리 꽉꽉 배부르게 먹어도 몇 시간이 지나면 또 어김없이 찾아오는 허기처럼 최대한 맛있는 거 먹고 배부름을 잠깐 만끽하고 다시 배가 고프면 또 맛있는 걸 찾아 헤매는 식으로 행복을 다루고 싶어요.

언니가 생각하는 행복은 뭐냐고 버릇처럼 물어보려고 했는데, 이제는 물어볼 수가 없겠네요.

행복의 나라는 알고 보면 많이 있는 것 같아요.

임경선에게는 임경선의 행복의 나라가 있고, 신수진에게는 신수진의 행복의 나라가 있는 것 같아요.

언니, 부디 임경선의 행복의 나라로 잘 가요.

나도 그렇게 할게요.

서로의 여행길이 무사하고 안전한지 수시로 곁에서 지켜보면서 우리 각자의 여행 잘해보기로 해요.

신요조 씀

네이버 오디오클립
'요조와 임경선의 교환일기'

여자로 살아가는 우리들에게

요조와 임경선의 교환일기
ⓒ 요조 임경선 2019

1판 1쇄 2019년 10월 30일
1판 13쇄 2023년 1월 13일

지은이 요조 임경선

기획·책임편집 이연실 | 편집 정현경
디자인 최윤미
마케팅 정민호 이숙재 박치우 한민아 이민경 안남영 왕지경 김수현 정경주 김혜원
브랜딩 함유지 함근아 김희숙 고보미 박민재 박진희 정승민
제작 강신은 김동욱 임현식 | 제작처 한영문화사(인쇄) 경일제책(제본)

펴낸곳 (주)문학동네 | 펴낸이 김소영
출판등록 1993년 10월 22일 제2003-000045호
주소 10881 경기도 파주시 회동길 210
전자우편 editor@munhak.com | 대표전화 031) 955-8888 | 팩스 031) 955-8855
문의전화 031)955-2689(마케팅) 031)955-3571(편집)
문학동네카페 http://cafe.naver.com/mhdn
인스타그램 @munhakdongne | 트위터 @munhakdongne
북클럽문학동네 http://bookclubmunhak.com

* 이 책의 판권은 지은이와 문학동네에 있습니다. 이 책 내용의 전부 또는 일부를 재
  사용하려면 반드시 양측의 서면 동의를 받아야 합니다.
* 잘못된 책은 구입하신 서점에서 교환해드립니다.
  기타 교환 문의 031) 955-2661, 3580

ISBN 978-89-546-5835-5 03810

www.munhak.com